新 潮 文 庫

天久鷹央の推理カルテII

ファントムの病棟

知念実希人著

新 潮 社 版

10163

目次

天久鷹央の推理カルテ

Ameku Takao's Detective Karte

II

ファントムの病棟

プロローグ

八畳ほどの空間に電子音が規則正しく鳴り響く。

僕は直立不動のまま、正面を眺め続けていた。部屋の中心に置かれたベッドを取り囲むように、数人の男女が立っている。彼ら全員が、まるで痛みに耐えるように目を伏せていた。

もうすぐ、あと数時間で『その時』がやってくる。六年近い医師としての経験が、僕にそのことを伝えていた。

触れれば切れてしまいそうなほど張り詰めた空気の中、僕は奥歯を食いしばる。その時、右腕を軽くたたかれた。横を見ると、一年目の研修医である鴻ノ池《こうのいけ》舞《まい》が、いつもハイテンションな彼女には珍しく、悲痛な表情で僕を見上げていた。

「小鳥《こ とり》先生、鷹央《たかお》先生は……?」

鴻ノ池は声を殺して言う。その問いに、僕は頭を小さく左右に振ることしかできなかった。鴻ノ池の顔に失望の色が広がっていく。

電子音のピッチが少し早くなった気がする。

もう時間がない。僕は唇に歯を立てながら、天井を見上げた。この病院の屋上にいる、年下の上司のことを考えながら。

やっぱりだめなのだろうか? 鷹央には無理なのだろうか?

「天使……」

小さな声が鼓膜を揺らし、僕は視線を正面に戻す。人垣の奥から、その弱々しい声は聞こえてきた。

「天使が……見えるよ」

その瞬間、ベッド脇《わき》に立っていた中年女性がむせ込むように嗚咽《おえつ》を漏らし、ベッドに横たわる少年にすがりついた。

天使か……。病棟に舞い降りた天使……。

僕は天井を見上げたまま、この数日間に起こった事件の顛末《てんまつ》を思い起こす。

思えば、彼にはじめて会ったのは先月の初めのことだった。

脳裏に記憶が蘇《よみがえ》ってきた。

Karte. 01

甘い毒

＊

『昨日の午後六時頃、足立区に住む四十代の女性が、近所のコンビニエンスストアで購入した清涼飲料水を飲んだところ、気分が悪くなって嘔吐《おうと》するという事件がありました。女性は病院に搬送され、一時意識不明となるものの、現在は意識を取り戻し命に別状はないということです。警視庁は、先週から足立区で連続している、清涼飲料水のペットボトルに農薬が混入される事件との関係を慎重に……』

……つまらねえ。香川昌平《かがわしょうへい》は苛立《いらだ》たしげにラジオの音を消すと、アクセルを踏み込む。尻《しり》の下で、五トンのトラックを走らせるエンジンが力強い咆吼《ほうこう》を上げた。

最近気が滅入《めい》るようなニュースばかりだ。少しは明るい話題を探してこいってんだ。昌平は身じろぎして、運転席からはみ出すほどの巨大な臀部《でんぶ》の位置を調節しつつ、大きく舌打ちを響かせた。

前方の信号が赤になる。ブレーキを踏み込んでトラックを停車させた昌平は、助手席に手を伸ばした。そこには、一・五リットル入りのコーラのペットボトルが三本置かれていた。昌平は飲みかけの一本を手にとり、蓋《ふた》を開けると、直接口をつけてコーラを飲みはじめる。

毎日、仕事中に四・五リットルのコーラを喉《のど》に流しこむ。それが、数ヶ月前、勤めている運送会社の社長に「食べかすで汚れんだろ」と、車内での食事を禁止されてからの日課だった。おかげで、たびたび小便をするためにトラックを停めるはめになっている。

「そんなにコーラばっかり飲んでいると、糖尿病になるわよ」

ふと頭の中に、今朝家を出る際、妻が口にした小言が浮かんだ。言われた時は「大丈夫だよ」と聞き流したが、いまになって腹が立ってきた。

んなことは分かってるんだよ。再び口腔《こうこう》内で舌打ちがはじける。二十代の頃は身長百七十センチ体重七十キロ前後と、やや小太りなぐらいだった。しかし先月の健康診断では、体重は百四十キロを越えていた。五年ほど前からじわじわと太りはじめ、特にこの三年ほどは体重増加が激しい。

原因は分かっている。社長だ。先代からいまの社長に代わって、仕事で苛つくことが増えた。そのストレスを紛らわすため、菓子やら清涼飲料水を大量に摂《と》るようになっていた。

先代はいい人だった。高校を卒業後、不況で就職口がみつからず、途方に暮れていた俺を拾ってくれた。おかげで裕福ではないが結婚することができ、娘にも恵まれた。

昌平の頭に、先代社長の皺《しわ》の多い優しそうな顔が浮かぶ。しかしすぐにその顔は、先代の息子である現社長の顔へと変わっていった。昌平は苛立ち紛れにハンドルをはたく。クラクションがファンと音をたてた。

心臓発作で急逝した先代のあとを三十前の若さで継いだ現社長は、先代が大切にしてきた『人情』というものをまったく持ち合わせていない男だった。収益のことだけを考え、シェアを広げるために運送費のダンピングをはじめた。その割を食ったのが昌平たち従業員だった。先代の時代よりもこき使われているというのに、給料は上がらないどころか下がってきてさえいる。

「……あの野郎、もうすぐ吠《ほ》え面《づら》かかせてやるからな」

昌平が吐き捨てるようにつぶやくと、頭に浮かんでいた現社長の顔が、今度はじわじわと妻の顔に変化していった。さらに苛立ちがつのる。この数年、妻の小言にも腹が立つことが増えていた。小言の内容は主に、昌平の食生活についてだ。

俺がこうやって毎日毎日、必死に稼いでやってるおかげで生活できてるっていうのに、仕事中の唯一《ゆいいつ》の楽しみまで奪うつもりかよ。昌平は再びペットボトルの中身をあおる。口の中に甘みが広がると同時に、痛みにも似た刺激が喉を滑り落ちていく。普段はこの刺激がいくらか、毛羽立った神経を癒《いや》してくれる。しかし、今日はなかなか苛つきがおさまらなかった。昌平はもう一口、シュワシュワと音をたてる液体を口に含むと、ペットボトルの蓋を閉め助手席へと放る。ふと、視線がダッシュボードに貼《は》られた写真を捉《とら》えた。その瞬間、への字に曲がっていた唇が綻《ほころ》ぶ。

写真の中では、垂れ目の少女が無邪気な笑みを浮かべていた。小学三年生になる娘の葵《あおい》。昌平にとって葵は生きる意義そのものだった。

結婚してすぐに子供を欲しがったが、なかなかできなかった。数年して夫婦で検査をしたところ、不妊の原因は自分にあった。精子の運動性に問題があり、自然に妊娠する可能性はあまり高くないと宣告されたのだ。高額な不妊治療を受ける金銭的な余裕はなく、半ば子供を諦《あきら》めかけていたとき授かったのが葵だった。

葵が産まれて九年。昌平はどんなにつらいことも、娘のためと思えば耐えられた。小学三年生にもなれば、女の子の中には父親を避けはじめる子も多いらしいが、葵はそんなことはない。いつも「パパ、パパ」と寄ってきて、あの極上の笑顔を見せてくれる。

ゆるんだ唇に軽くコーラのべとつきを感じ、舌で舐《な》めとる。昌平は眉根《まゆね》を寄せると、助手席のペットボトルを眺めた。舌先に残った甘さが、かすかに慣れ親しんだ味と違うような気がした。その時、後方からけたたましいクラクションが響く。我に返って顔を上げると、いつの間にか信号は青に変わっていた。

「うっせえな！　分かってるよ」

昌平はギアを入れ、アクセルを踏み込んだ。トラックが走り出し、前から軽いGがかかる。

東久留米《ひがしくるめ》市にある配送先まであと少しだ。今日はやけに腹が減った。まだ午前十一時を少し過ぎたところだが、目的地について荷物を下ろしたら、早めに昼飯を食うことにしよう。そんなことを考えながらトラックを走らせていた昌平は、違和感を感じて軽く頭を振る。

なんだこれは？　フロントガラスの前に伸びる道路が歪《ゆが》んでいるように見えた。

そう思った瞬間、激しい吐き気が襲いかかってきた。食道を熱いものが駆け上がってくる。昌平は反射的に顔を横に向けると、口の中に逆流してきた液体を吐き出す。ギアをつかむ腕に、生温かい液体が降り注いだ。

いったいどうしたんだ？　なにが起こっているんだ？　混乱する昌平の脳裏に、ついさっきラジオで聞いたニュースが蘇る。

『足立区で連続している、清涼飲料水のペットボトルに農薬が……』

昌平はかすむ目を助手席に向けた。さっき味がおかしいと感じたコーラのペットボトル。それは近所のスーパーでまとめ買いし、出勤時に持ってきているものだった。そして自宅は足立区にある……。

まさか？　そう思った瞬間、ハンドルを持つ手が細かく震えだした。手から生じた震えは、まるで虫が這《は》うように、腕、体幹、そして下半身へと広がっていく。視界がじわじわと白く染まってきた。意識が遠のいていく。

あわててブレーキをかけようとする。しかし、震えに冒された足は、昌平の意思を黙殺した。前方にカーブが迫る。

白く染まった視界のなかで電柱が迫ってくるのを、昌平は呆然《ぼうぜん》と眺め続けた。

1

「それじゃあ、よろしくお願いします」

数十分前に救急搬送されてきた八十代の肺炎患者を病棟の看護師に引き継ぐと、僕は首をごきごきと鳴らしながら腕時計へと視線を下ろした。時刻は午後五時十五分。午後六時の引き継ぎ時間まであともう少しだ。

十一月のとある金曜日、僕、小鳥遊優《たかなしゆう》は朝から救急業務に当たっていた。本来、僕は救急部の医師ではなく、内科の一診療部である『統括診断部』に所属しているのだが、横暴な上司の命令で週に一日半、こうして救急業務にいそしんでいたりする。

今日は搬送されてくる患者が多く、忙しかった。体の芯《しん》に疲労が溜《た》まっている。勤務終了までの数十分、何事もなければいいが。

引き継いだ肺炎患者のカルテを仕上げようと、電子カルテのディスプレイの前に座る。その時、すぐそばにある救急室と廊下を繋《つな》ぐドアが開き、その奥から筋骨隆々な体を安っぽいスーツに押しこんだ大男が現れた。見覚えのある男だった。

「あれ？　成瀬《なるせ》さんじゃないですか。こんにちは」

田無《たなし》署刑事課の刑事である成瀬に、僕は声をかける。四ヶ月前、僕がこの病院に赴任してすぐのころに起こった、『宇宙人に誘拐され、頭になにか埋め込まれた』と訴える男による殺人事件。その事件の際に、僕はこの成瀬と知り合いになっていた。

救急部には犯罪に巻き込まれた負傷者や、薬物中毒患者などが運ばれることも少なくない。その際は最寄りの警察署から警官が派遣されてくる。そんなこともあって、この成瀬も時々救急部を訪れるので、最初の事件以降も何回か顔を合わせていた。

「どうも……」

成瀬はその分厚い唇をほとんど動かすことなくつぶやくと、さっさと救急室の奥の救急処置室へと向かっていった。相変わらず愛想のない男だ。いや……愛想がないと言うより、僕が嫌われているだけかもしれないな。

僕は軽く肩をすくめながら、成瀬が消えていった処置室に視線を向ける。わざわざ刑事が出張るような患者が運び込まれていただろうか？　心筋梗塞《こうそく》、重症肺炎と連続して治療に当たっていたため、他の救急医が担当した患者までは把握していなかった。処置室の方を眺め続けていると、中から一年目の女性研修医である鴻ノ池舞が出てきた。僕が手招きをすると、気づいた彼女は薄く茶色に染めたショートカットの髪を揺らしながら、小走りに寄ってくる。

「なんですか？　小鳥先生」

「だから、小鳥じゃない。小鳥遊だ」

僕は眉間《みけん》にしわを寄せる。最近、幾度となくくり返したやり取りだった。最近になって、僕は研修医や看護師から『小鳥先生』という、身長百八十センチを越える大男には似合わないあだ名で呼ばれることが増えていた。口の悪い上司につけられたそのあだ名を、精力的に広めているのがこの鴻ノ池だ。

最初のころは礼儀正しかったのに、最近やけに馴《な》れ馴《な》れしくなっているんだよな、こいつ。

「もう良いじゃないですか、『小鳥先生』で。最近定着してきてるんだから、突っ走っちゃいましょう」

鴻ノ池はなぜか両手でガッツポーズを作った。どうやら、あだ名の拡散を止める気はさらさらないらしい。

「それで、なんで刑事が来てるんだよ？　傷害事件の被害者でも運び込まれたのか？」

「いえ、交通事故の患者さんですよ。トラックで電柱に突っ込んだらしいです」

「……何人か轢《ひ》かれたりしたわけ？」

「単独事故ですよ。本人もちゃんとシートベルトしていたから、そんな大きな怪我《けが》はしていません。脳震盪《のうしんとう》起こしたのか、搬送されたときは意識ありませんでしたけど、点滴しながら外傷を調べているうちに意識が戻っていまははっきり受け答えします」

「それじゃあ、なんでわざわざ刑事が？」

そのくらいの事故なら、普通は制服警官が来て話を聞くぐらいのはずだ。成瀬が来る理由が分からない。

「それはですね……」鴻ノ池は唐突に声をひそめる。「事故を起こした運転手が、変なこと言い出したからなんですよ」

「変なこと？」

「ええ、運転中に体が痙攣《けいれん》して、動かなくなったって言っているんです」

「……それって、てんかんの発作か脳卒中でも起こしたんじゃないのか？」

「てんかんの既往はないらしいです。というか本人いわく、完全な健康体で、ほとんど病院にかかったことないそうです。脳卒中についてはCT撮影しましたけど、異常はありませんでした」

「脳梗塞なら、二、三日たたないとCTに映ってこないだろ」

「体動かないくらいの脳梗塞なら、麻痺《まひ》とかありそうなもんじゃないですか。けれど全然ないんですよ」

「じゃあTIAは？　TIAなら麻痺の症状は一過性だろ。そうだとしたら、放っておくと本格的に脳梗塞を発症する可能性もあるぞ」

「一過性脳虚血ですか。診察した先生もその可能性があるから、今後、抗血栓薬投与しておいた方が良いかもって言っていました。まだ四十前らしいですけど、凄《すご》い巨体、というか脂肪の塊ですからね。気づいていないだけで、高脂血症とか糖尿病とかで梗塞起こしやすくなっているかも」

「そんなにでかいのか？」

「ええ、力士クラス。少なくとも体重三桁《けた》はいってますね。下手すると百五十キロぐらいあるかも」

鴻ノ池は両手を大きく広げる。それはかなりのものだ。

「それじゃあ、睡眠時無呼吸症候群かもしれないな。首回りについた脂肪で、横になると気道が押しつぶされて深く眠れなくなる。そのせいで運転中に強い睡眠発作に襲われて意識を失ったのかも」

「あ、なるほど、そういう可能性もあるんですね。気づきませんでした。さすが小鳥先生、統括診断部のドクターなだけありますね」

鴻ノ池におだてられ、僕は苦笑する。統括診断部に派遣されて来てから四ヶ月、スーパーコンピューターのような頭脳を持った上司に、「頭に豆腐詰まってるのか？」「小鳥だからって脳まで鳥になるなよ」などと罵倒《ばとう》されながら、様々な症例を経験してきたのだ。鑑別すべき診断をリストアップするぐらいはできる。なんにしろ、その患者は入院したうえで、事故を起こした原因を調べていかなくてはいけないだろう。けれど……。

「けれど、ここまで聞いても、刑事が来ている理由がまったく読めないんだけど」

「重要なのはここからなんです。初期治療が終わったあと、患者が言い出したんです。トラックの中で飲んでいたコーラに毒が混ぜられていて、そのせいで体が動かなくなったって」

「毒……？」予想外の単語に僕は眉根を寄せる。「それってもしかして……」

「ええ、最近話題になっているやつですよ。ペットボトルに農薬が混入していたっていう。飲んでいたコーラの味に異常を感じて、それからすぐに体がおかしくなったって言っているんです」

それは大事《おおごと》だ。わざわざ成瀬が話を聞きに来るのも当然だった。

しかし、この場にあの人がいなくて良かった。僕は天井に視線を上げる。この病院の屋上に建っている、西洋童話にでも出てきそうなレンガ造りのファンシーな〝家〟に住み着いて、というか、棲《す》み着いている年下の上司。彼女がもしこのことを知れば、その無限の好奇心を発揮して、嬉々《きき》として首を突っ込もうとするだろう。

統括診断部の仕事はあくまで『診断が困難な患者の診断』であり、刑事事件の捜査ではない。これまで幾度となく、無理矢理捜査に付き合わされてきたが、今回それは避けられそうだ。さて、あと数十分、そつなく勤務にいそしみ、引き継ぎ時刻になったらさっさと帰るとしよう。

僕がそんなことを考えていると、さっき成瀬が入って来た扉が開いた。扉の奥に立っていた人物を見て、喉の奥からうめき声が漏れる。

若草色の手術着の上に、ややサイズの大きすぎる白衣を纏《まと》った短身痩軀《そうく》。小さな顔とネコを彷彿《ほうふつ》させる大きな目。天然パーマなのか寝ぐせなのかはっきりしない、軽くウェーブのかかった黒く長い髪。そこに立っていたのは統括診断部の部長、つまりは僕の上司である、天久《あめく》鷹央だった。

「な、なんで鷹央先生が……」

「あ、私が内線で伝えました。『珍しい患者さんが搬送されて、刑事も来てますよ』って」

呆然とつぶやく僕の横で、鴻ノ池が片手を上げながら無邪気に言う。

なんて余計なことを！　そういえばこの鴻ノ池、鷹央のファンを公言しているんだっけか。

しかし、この前の『病棟の人魂《ひとだま》事件』の際は、「鷹央先生と直接話すなんて恥ずかしい」とかなんとか言っていたくせに、いつの間に電話をするような仲に……？

「面白そうな症例はどこだ？」

満面の笑みで言う鷹央を見ながら、僕は小さくため息をつくのだった。

「ようっ」

サンダルをパタパタと鳴らしながら救急処置室に入った鷹央は、片手を上げて成瀬に声をかけた。成瀬のいかつい顔が歪む。その表情は露骨に「また来やがった」と語っていた。

普通なら一般人など追い払えば良いのだろうが、四ヶ月前の『宇宙人に誘拐された男』が起こした殺人事件で知り合ったあとも、鷹央はその恐ろしいまでの知能と図々《ずうずう》しさで、成瀬が担当したいくつかの事件に強引に首を突っ込み、そして次々と解決に導いてきた。かくして、成瀬は自分の仕事の邪魔をする鷹央をうとましく思いながらも、心の隅でその知能に頼ってしまっているというジレンマに陥っているように見える。

成瀬のあからさまに迷惑げな態度を気にする様子もなく、鷹央は処置室の中を進んでいく。僕はしかたなく、その後ろを体を小さくしてついて行った。

三床ある救急処置ベッドのうち、一番奥のベッドの周囲に、成瀬を含めて五人が立っていた。その内の一人、白衣を着たやや頭髪の薄い中年の男は、見知った顔だった。野瀬という名の脳神経外科医だ。たぶん、搬送された患者の主治医になったのだろう。

僕はベッドに近づきながら、成瀬と野瀬以外の三人を観察する。小学校低学年ぐらいの少女が、中年女性のそばに隠れるようにして立っていた。患者の妻と娘だろうか？

二人とも不安そうな表情をしている。二人の後ろには、スーツ姿の痩《や》せた若い男がいた。苛立っているのか、革靴の底で小刻みに床を叩《たた》いている。年齢は僕と同じぐらいだろう。髪は茶色に脱色してあり、一見したところ場末のホストのように見えた。

さらにベッドに近づくと、その上に横たわっている男の姿も見えてきた。

おお！　入院着に身を包んだその男の姿を見た僕は、思わず声を上げそうになる。鴻ノ池から話を聞いていたが、その体格は想像をはるかに超えるものだった。小山のように盛り上がった腹が呼吸のたびに波打ち、首元は大量の脂肪で覆《おお》われてくびれが見あたらない。入院着が小さすぎるのか、腹がはみ出していた。

鷹央も興味をひかれたらしく、男の巨体にぶしつけな視線を浴びせかける。その視線に気づいたのか、男は不愉快そうに身じろぎした。どうやら意識ははっきりしているようだ。

「天久先生、なんの用ですか？」

成瀬は太い眉の間にしわを寄せると、低くこもった脅しつけるような口調で言う。気の弱い者なら、これだけで怯《おび》えてしまいそうだ。しかし、鷹央が動ずることはなかった。

「面白そうな患者が運び込まれたらしいからな。話を聞きに来た」

『面白い』というこの場には不謹慎な単語に、少女を除くそこにいた全員の表情の硬度が上がる。もちろん僕も含めて。鷹央は恐ろしいほどの知識をその小さな頭の中にたくわえているが、残念ながら『一般常識』はそこにインプットされていない。

「いまから私が話を聞くところです。先生は引っ込んでいてくれませんかねえ」

「ああ、お前が話を聞くのはかまわないぞ。私も一緒に聞いているから、さっさとはじめろよ」

追い払うように手をひらひらと動かす成瀬に鷹央は言う。成瀬の唇が歪んだ。

「あなたは一般人でしょ。これから警官として聴取を行うんです。どこかに行ってくれませんか」

「たしかに私は一般人だが、医者だ。そこの患者は急に体が動かなくなって、そのあと意識を失ったんだろ。その原因は医者として調べないといけない。だから私はどっちにしろ、その男の話を聞くことになる。どうせ話を聞くなら、一緒の方がいいだろ。患者に何度も同じ説明をさせるのは好ましくない」

鷹央の正論に、成瀬は渋い表情を浮かべて黙りこんだ。

「あのさ、俺、この男が働いてる会社で社長やってる山口っていうんだけどさ。あんた、誰なわけ？」

鷹央と成瀬のやり取りを見ていたスーツ姿の男が、鼻にかかった聞き取りにくい口調で訊《たず》ねてくる。

「私か？　私は天久鷹央だ」

鷹央は胸を張りながら自己紹介をする。いや、名前を名乗ってどうするんだ。

「えっと、こちらの天久先生は、この病院の統括診断部という診療科で部長をなさっていまして……」

僕は慌《あわ》てて、鷹央の言葉足らずな自己紹介を補完していく。

「部長？　あんたが？」

山口と名乗った男は、困惑した表情を浮かべた。それもしかたない。小柄なうえ童顔である鷹央は、高校生ぐらいに見られることが多い。こんな大病院の部長と言われても、ぴんとこないのも当然だ。

「そういうわけで、私は患者の診察に来た。さて、それじゃあとりあえず話を聞こうか」

「あの、天久先生。主治医は私なんですけどね」

それまで黙っていた野瀬が少々苛立たしげに言う。担当患者を横取りでもされるような気分になっているのかもしれない。弱冠二十七歳にして、父親が理事長を務めるこの病院で一診療科の部長を務めている鷹央を、あまりよく思っていない医師も多い。おそらく、父親のコネでその地位に就いたとでも思っているのだろう。しかし、それは大きな勘違いだ。膨大な知識に裏打ちされた鷹央の診断能力は、多くの医師がいるこの病院の中でも飛び抜けている。

「ああ、主治医はお前でいいぞ。統括診断部は兼科という形で関わらせてもらうから」

「兼科は主治医からの要請があってはじめてできるはずですよ」

「それじゃあ、お前がいますぐ兼科を私に依頼すればいい」

「なんでわざわざそんなことをしなくちゃいけないんですか？　検査なら私がやるから結構だ。統括診断部は引っ込んでいてくれ」

「毒物検査もか？」

「毒物？」野瀬は額にしわを寄せる。

「だから、毒物検査もお前がやるっていうのか？　その男は『毒を盛られた』って言っているんだぞ。この病院の検査部で調べられる毒物は限られている」

鷹央の問いかけに、野瀬は頰の筋肉を引きつらせながら黙りこむ。

「ちなみに、私は母校の研究室にコネがあるから、検体さえ手に入れば、二、三日であらゆる毒物を検査してもらえたりするんだがな」

鷹央は得意げに鼻を鳴らすと、野瀬に向かって挑発的な視線を投げかける。

「……あくまで、主治医は私ですよ」

数秒の沈黙の後、顔をしかめながら野瀬はつぶやいた。

「分かってるって。よし、それじゃあ話を聞こうか」

鷹央はベッド上の巨漢に水を向ける。香川という名の男は唇をゆがめると、頭をがりがりと掻《か》いた。

「だから、さっきから何回も言っているだろ。運転中コーラを飲んでいたら、いつもと味が違うことに気づいて、それからすぐに体が震えて、そのあと意識が遠のいていったんだよ」

「そのコーラはどこで買ったんですか？」

鷹央にこの場の主導権を握られてしまった成瀬が、苦虫を嚙《か》みつぶしたような表情で訊ねた。

「近くのスーパーです。そこなら箱買いすると割引になるんで」

香川に代わって中年の女性が答える。やはり香川の妻だったようだ。

「箱買いって、そんなに飲んでいるんですか？」

「ええ、仕事中だけで毎日三本……四・五リットルは飲んでいます。家に帰ってからも……。そんなに飲んだら体に悪いって言っているんですけど、どうしてもやめてくれなくて」

コーラを毎日四・五リットル以上……。とんでもない量だな。こんな体になるはずだ。

「量はどうでもいいんです。あとでそのスーパーの名前を教えて下さい。そしてそのペットボトルはどこに保管していて、どうやってトラックに持ち込んだんですか？」

「家の冷蔵庫で次の日に飲む分を冷やしておいて。それをバッグに入れて会社に持っていってる。それで会社の冷蔵庫で保管して、出発するときに助手席に置いて持っていくんだよ」

香川は早口で答えた。

「ペットボトルを飲むとき、蓋はちゃんと閉まっていましたか？　一度開けられた痕跡《こんせき》とかは？」

「よく覚えていねえよ。多分閉まっていたと思うけど……、やっぱり思い出せねえ。なんにしろ、トラックの中に飲みかけのと、開けてないペットボトルあるからさ、そいつを検査してくれよ。絶対なにか変なものが入ってるはずだからよ」

「もう手配してあります。いまごろ回収されているはずです」

手帳にメモをしながらこたえた成瀬は、視線を上げる。

「ちなみに、会社の冷蔵庫というのは誰でも使えるものですか？　あなたがそこでペットボトルを冷やしているということは、会社の皆さんは知っていたんですか？」

「ちょっと待ってくれよ」

成瀬の質問を聞いて声を荒げたのは、社長の山口だった。

「それ、どういう意味なんだよ？　うちの社員が毒を混ぜたとでも言うのかよ」

「興奮しないで下さい。形式上の質問です。それで、どうなんですか？」

成瀬は感情を交えない口調で山口をなだめると、香川に向き直る。香川はつまらなそうにかぶりを振った。喉元の脂肪がぶるりと揺れる。

「ああ、みんな知っていたよ。けれどな、仕事仲間で俺に毒盛るような奴《やつ》はいねえ。もしそんなことするとしたら……」

香川は露骨に目を山口に向ける。自分に注がれる部下の視線に気づいて、山口の顔が紅潮していく。

「てめえ、俺が毒盛ったとでもいうのか！　なんでてめえみたいな奴に、わざわざそんなことすんだよ。どうせ、居眠りでもして事故ったのを誤魔化そうとしてんだろ」

「ああ？　無能のどら息子が偉そうなことぬかすんじゃねえ。俺が邪魔なんだろ。俺が中心になって、ストライキ起こされそうだからな」

「は、なにがストライキだ。他の社員がお前なんかの口車に乗せられるとでも思ってんのかよ。就職もできない出来損ないを拾ってやったっていうのに、この恩知らずが。てめえみてえな無能に給料やっているだけでも感謝しやがれ」

「なんだと、この野郎！　もう一度言ってみやがれ」

香川が上体を起こした。それだけでベッドがぎしぎしと軋《きし》みを上げる。その迫力に威圧されたのか、山口は一歩後ずさった。険悪なムードが周囲に充満していく。その時、にらみ合う二人の男の間に、小さな人影が割って入った。

「お前たち、うるさいから黙れ。ケンカなら話が終わってからゆっくりやれ」

二人の間に立った鷹央は、普段通りの抑揚のない口調で言う。

「『お前』ってなんだよ。俺は患者だぞ。医者だか部長だかしらねえけどよ、年下の女が偉そうにするんじゃねえ」香川が鷹央に嚙みつく。

「偉そう？　なに言ってるんだ。私は誰に対しても二人称は『お前』だ。いちいち相手との立ち位置で呼び方を変えるのが面倒だからな。相手の身分も性別も年齢も関係ない」

鷹央は香川の巨体を前にしても、まったく動じることがなかった。その態度に毒気を抜かれたのか、香川の脂肪で丸くふくれた顔に戸惑いが浮かぶ。

「で、お前は治療中の病気とか、これまでに大きな病気に罹《かか》ったこととかないのか？」

香川が黙ったすきに、鷹央が質問をはじめる。成瀬が「まだ私の質問が終わって……」とつぶやくが、黙殺された。

「ねえよ、病気なんてこれまでほとんどしたことがねえんだ」

香川は面倒そうに答える。

「健康診断は定期的に受けているか？　高血圧、高脂血症、糖尿病とかを指摘されたことはないか？」

「ちゃんと会社のやつを受けてるよ。少し中性脂肪が高くて、軽い脂肪肝になっているみたいだけど、大きな問題はないってよ」

本当だろうか？　これほどまでの肥満体、しかも毎日コーラを四・五リットルも飲んでいて、その程度なんてあり得るのだろうか？　僕の疑わしげな視線に気づいたのか、香川は顔を赤くして僕をにらむ。

「俺の体になんか文句でもあるのかよ！　見せ物じゃないぞ」

「ちょっと、やめてよ」

悪態をつく香川を妻がたしなめるが、香川は落ち着くどころか、さらに興奮してベッドから立ち上がろうとする。なんて短気な男なんだ。

僕が顔をしかめながら、目の前で興奮するイノシシのような男をどうなだめようか考えていると、香川のソーセージのような指に、紅葉《もみじ》の葉ぐらいの小さな手が添えられた。自分の指に触れながら顔を見上げてくる娘を見て、香川の顔から赤みが引いていく。香川は力なく娘の頭を撫《な》でると、再びベッドに横たわった。

「……他にもなんか聞きたいこと、あるのかよ？」

「お前は昔からそんなに太っているのか？　なに食べたらそんな体になるんだ？」

鷹央がせっかく落ち着いた香川を再び沸騰《ふっとう》させそうな質問をする。しかし、香川が怒り出すことはなかった。よっぽど娘に弱いらしい。

「太りだしたのは五年ぐらい前からだよ。もともと甘い物が好きだったんだけどさ、ストレスでばくばく食うようになっちまって、……気づいたらこんな体になってたんだ」

香川が自虐的《じぎやく》につぶやくのを聞いて満足そうにうなずいた鷹央は、その場で回れ右をする。

「聞きたいことは全部聞いたから〝家〟に戻る。ああ、小鳥。あとでその男の血液と尿を採って持ってきてくれ。薬物検査に回すからさ」

片手を上げると、鷹央は振り向くこともせず出口へと向かっていく。どうやら、この事件が気に入ったらしい。小刻みにステップを踏む鷹央の足元を眺めながら、僕はため息をつくのだった。

2

「おい、成瀬が来てるってよ。行くぞ」

内線電話の受話器を置いた鷹央が楽しげに言う。

毒を盛られたと訴えた男が運びこまれてから三日後の昼下がり、僕と鷹央は診察の依頼があった患者の回診に病棟を回っていた。その途中で、鷹央のポケットベルが鳴り出したのだ。

「行くって、どこにですか？　まだ回診の途中ですけど」

「きまってるだろ。香川昌平、あの太った男の病室だよ。さっさと行くぞ。回診なんていつでもできるだろ」

いつでもできるってことはないと思うが、ここで反論したところで無駄だということは、四ヶ月の付き合いの中で痛いほど分かっていた。僕は肩をすくめると、大股《おおまた》で歩きはじめた鷹央のあとを追う。

「さっきのポケベル、誰からです？　成瀬刑事が来たことを知らせてくるなんて」

訊ねると、鷹央は歩きながら首だけ回し、背後にいる僕を見ながらにやりと笑みを浮かべる。ちゃんと前を向いて歩いてくれ。そうでなくても、あなたはよく転ぶんだから。

「私の情報網を甘く見るなよ。この病院のことは、なんでも私の耳に入ってくるぞ」

鷹央は僕の方を向いたまま階段を下りはじめた。いまにも足を踏み外しそうではらはらする。

「はいはい、それは凄いですね。それより、前を向いて歩いて下さい。転びますよ」

「子供扱いすんな。ちなみに、お前がこなをかけていた救急部のナースが最近、昔の恋人とよりを戻して、お前がショックを受けてるなんていう話も聞いてるぞ」

「なっ⁉　ど……どこからそれを」

「いま、救急部で研修している、やたらとテンションの高い女の研修医だ。あいつも一年目のくせに、なかなかの情報網をもってるな」

……鴻ノ池。あいつ、覚えておけよ。

「ま、まあ……それは置いておいて。先生、まだあの患者のこと気にしていたんですね。

てっきり興味がなくなったと思っていましたよ」

この三日間、鷹央は香川昌平を診察するどころか、ほとんど話題にすら出さなかった。

「まずは、あいつが飲んでいたコーラに本当に毒が入っていたかどうかが重要だからな。結果が出るのを待っていたんだよ。それに、一応主科は脳神経外科だ。最初から私が前に出すぎるのもよくないだろ」

この人にも、それくらいの常識はあるんだな。

「それで、鷹央先生は本当に、あの患者が毒を盛られたと思っているんですか？　あの足立区で起きてる、農薬混入事件の被害者だと？」

「さあな。ただそれじゃあ面白くないな。もしあの農薬混入事件の被害者だとすれば、私の出る幕じゃない。足を使った捜査で犯人を捜すのは警察の仕事だ。けれど、もし違ったら……」

鷹央の童顔に、獲物を狙《ねら》う肉食獣の笑みが浮かぶ。本当に生き生きしているな。僕は肩をすくめると、鷹央と共に香川が入院している六階に向かって階段を下りていく。前にいる鷹央が七階に着いたとき、唐突に甲高い声が響いた。

「あ、子供の先生！」

小さな人影が、階段脇のエレベーターホールから飛び出してきた。その人影はスピードを落とすことなく、「へ？」と間の抜けた声を出して振り向いた鷹央に向かって突っ込んでいく。

次の瞬間、みぞおちに頭突きを食らった鷹央の口から、ぐふっというくぐもった声が漏れた。

いったいなにが起こったんだ？　僕は戸惑いながら、鷹央に飛びついた人物を見る。それはニューヨークヤンキースの野球帽を被《かぶ》った少年だった。小柄な鷹央よりも頭一つ分は小さいところを見ると、おそらくは小学校低学年といったところだろう。少年は抱きついたまま、笑顔で鷹央を見上げる。

「け、健太か？」

思いのほか頭突きの衝撃が強かったのか、鷹央が顔をしかめたまま、もともと大きな目を見開く。少年は「うん」と幸せそうにうなずいた。

「健太、だめでしょ、急に飛びかかったら。ごめんなさい天久先生、久しぶりに会えて、この子興奮しちゃったみたいで」

エレベーターホールの方から、上品な雰囲気を纏った中年の女性が近づいて来た。おそらく、この子供の母親だろう。口ぶりからすると、二人は鷹央の知り合いのようだ。

「ほら、健太。天久先生から離れなさい。白衣にしわが寄っちゃうでしょ」

母親に言われると、少年は素直に鷹央から離れる。

「子供の先生、元気だった？」

少年は口角をにっと上げた。

「だから、何度も言っているだろ。私は『子供の先生』じゃない。れっきとした大人で……」

頭突きをくらった腹を押さえながら、鷹央は少年を見る。なぜかその目つきはどこか哀《かな》しそうに見えた。

「この子、ずっと天久先生に会いたがっていて。すみません、飛びかかったりして……」

「ねえ、また絵本読んでよ、絵本」

少年がはしゃいだ声を出すと、鷹央は弱々しい苦笑を浮かべながら、「絵本か……」とつぶやいた。

「健太、天久先生はお仕事中なの。ご迷惑でしょ。もう病室に戻りますよ」

母親にたしなめられると、少年は唇をとがらしながら「はーい」とつぶやいた。

「病室？　入院しているのか？」鷹央の声が跳ね上がる。

「ええ、ちょっとした検査入院で、明日には退院する予定なんです」

母親がそう言うと、鷹央は胸をなで下ろした。

「そうか。ならいいんだけど……」

「それじゃあ失礼します。ほら、健太も天久先生にさよならして」

「バイバイ、子供の先生。またね」

少年は手を振ると、母親とともに離れていく。

「だから、私は子供じゃないって……」

二人の背中に向かって、鷹央は力なくつぶやいた。その様子を見ながら、僕は首をひねる。少年と会うまでスキップでもしそうなほどテンションが高かったのに、なんだか元気がなくなってしまった。あの少年はいったい誰なのだろう？

「……なんだよ、なんか文句でもあるのか？」

僕の視線に気づいたのか、鷹央は剣呑《けんのん》な目つきで僕を睨《ね》め上げてきた。

「いや、べつに……。さっきの子供、知り合いですか？」

「……昔、診察したことがあるってだけだ」

鷹央は露骨に視線を外しながら言う。相変わらずこの人は、嘘《うそ》をつくのが下手だ。

「それより、香川昌平に会いにいくぞ」

強引に話を終わらすと、鷹央は再び階段を下りはじめる。しかし、その足取りがやけに重そうなのが僕には気になった。


「……また来た」

香川が入院している病室に入ると、鷹央の姿を見た成瀬が頭をおさえながらうめく。

きっと頭痛でもするのだろう。その気持ちは文字どおり痛いほど理解できた。

ベッドに巨体を横たえている香川も、鷹央を見て眉間にしわを寄せた。この前の救急室でのやり取りで、不信感を抱かせてしまったのかもしれない。香川のベッドのそばには、主治医である野瀬と香川の妻の姿もあった。その二人も、香川ほどではないが迷惑そうな表情になる。

「それで、トラックに残っていたコーラに毒は含まれていたのか?」

鷹央は挨拶《あいさつ》もせずに、いきなり本題をぶつける。

「それを説明しに来たんですよ。あなたには関係ないんですから、引っ込んでいてもらえませんかね」

成瀬は露骨に追い払おうとするが、鷹央が簡単に引き下がるはずもなかった。

「統括診断部は兼科という形で、その患者の診療に関わっている。本当に毒を飲んでいたかどうかは診断に重要だ。ということで、さっさと教えろ」

「……私はあくまで香川さんに結果を話しに来たんですよ。聞きたいなら香川さんに許可をとって……」

「もちろんいいよな」

成瀬が言い終えないうちに、鷹央は香川に言う。さっきの少年と会ってから、なんとなく元気がなかった気がしたが、大好物の〝謎《なぞ》〟を前にして、調子があがってきたようだ。

香川は「勝手にしてくれ」とばかりにおざなりにうなずくと、口を開いた。

「いいから刑事さん。俺が飲まされた毒はなんだったんだよ？　もういまは症状ないけど、後々なにか変なことが起こるような毒じゃないんだろうな？」

「ここじゃあ他の患者さんもいてなんですから、どこか場所を変えて……」

「いいんだよそんなこと、面倒くさい。この部屋の他の患者なんて、みんな意識のない奴ばっかりなんだからさ。それより早く結果を教えてくれ」

ＴＰＯを気づかう成瀬に、香川は早口で言う。たしかに脳神経外科は意識障害のある患者が多いが、そういう言い方は……。まあ、よっぽど余裕がないのだろう。

「……検出されませんでした」

成瀬は小さなため息とともに言った。

「はあ？」香川の口がぽかんと開く。

「ですから、あなたのトラックから回収したコーラ、三本とも鑑識で検査しましたが、毒物はまったく検出されませんでした。血液と尿の鑑定結果はまだですが、飲み物に含まれてなかったとなると、おそらく検出されないでしょう」

「んな馬鹿《ばか》な！　間違いなくあのコーラは味がおかしかったんだよ。それで、あれを飲んだあと体が震えだして、意識が……」

香川は勢いよく上体を起こす。ベッドがぎしぎしと悲鳴を上げた。

「けれど、検査で検出されませんでしたからねえ。とりあえず今回のケースは、今後は交通課が担当することになりますので、よろしくお願いします」

「ちょっと待ってくれよ。それじゃあ困るんだよ。毒のせいじゃないとなると、俺が普通に事故起こしたことになるじゃねえか。そんなことになったら、あの社長、きっと俺をクビにする。絶対あのコーラにはなにか入っていたんだって。味がおかしかったんだから」

「そう言われましても……」成瀬は額をこりこりと掻く。「毒じゃなくて、脳の病気かなにかで、体が動かなくなって意識を失ったんじゃないですか？　味が変に感じたのも脳が原因とか」

香川はぶるぶると顔を左右に振った。

「ここに入院して脳波やらＭＲＩやら色々検査を受けたけどさ、そこの先生に全然異常なしだって言われたんだよ」

香川の言葉を聞いて、成瀬がちらりと野瀬に視線を送る。野瀬は重々しくうなずいた。

「これまでの検査では、体が痺《しび》れたり、意識を失うような疾患は見つかっていません」

ＭＲＩや脳波で異常が無いということは、てんかんや脳卒中は除外されるということか。だとすると……。

「睡眠時無呼吸症候群はどうですか？　それで睡眠発作を起こしたとか……」

僕が口を挟むと、野瀬は不愉快そうに顔をゆがめた。

「脳神経外科医だからって、頭しか診ないと思うなよ。ちゃんと呼吸器内科に頼んで検査した。問題なかったよ」

乱暴な口調で吐き捨てる野瀬を前にして、僕は顔をしかめる。この男、よっぽど統括診断部に、というかおそらくは鷹央に、反感を持っているらしい。しかし、毒でもないし、これまでにあがった疾患も否定的だというと……。

「なんだよ、じゃあ俺が居眠り運転でもしたっていうのかよ。ふざけんな。絶対コーラだ。あのコーラになにか混ざっていたんだ。きっと、時間が経《た》ったら見つからなくなるようななにかが……」

香川は頭を抱えると、ベッドの上でその巨体を丸くする。重苦しい沈黙があたりに降りた。

「凄い量の菓子とコーラだな」

その場にそぐわない、はしゃぐような口調で鷹央が沈黙を破る。香川は「あぁ？」と唸《うな》るような声を上げて、鷹央をにらんだ。

「だから菓子だよ。かなりの量を食べているんだな。そりゃあそんな体になるわけだ」

鷹央はあごをしゃくって、床頭台とゴミ箱をさす。鷹央の言うとおり、床頭台の上にはスナック菓子、饅頭《まんじゅう》、どら焼き、そしてコーラの一・五リットルペットボトルが二本置かれていた。ゴミ箱の中にも食べ終えた菓子の包み紙があふれている。

「検査以外やることなくて、ひますぎて苛《いら》つくからしかたねえんだよ。あんなしょぼい病院食だけで腹がふくれるわけないだろ。主治医も良いって言ってるんだから文句ねえだろ」

僕と鷹央はほぼ同時に野瀬を見る。野瀬はばつが悪そうに顔をしかめた。

「しかたないじゃないか。間食を許可しないと検査を受けないなんて言い出すんだから。まさかこんなに食べるなんて……」

「どのくらいまでなら良いなんて言われてないからな。どれだけ食べようが俺の勝手だ。この体見ろよ。ちょっとやそっとで足りるわけないだろ」

「菓子はこの病院の売店で買ったのか？」鷹央はどら焼きを眺めながら言う。

「あ？　違えよ、ここの売店は高いんだよ。家内に家から持ってこさせたんだ。近くのスーパーなら、ここよりずっと安く……。ああ、どうでもいいだろ、そんなこと」

ヒステリックに頭を振って黙りこんだ香川に代わって、妻が口を開く。

「すみません、主人がどうしても持って来いって言うもので……。食べ過ぎだと何度も言ってるんですけど。どうしても聞いてくれなくて……」

「余計なこと言うんじゃねえよ！」

香川に怒鳴りつけられ、妻は小さく体を震わせた。香川は成瀬に視線を向ける。

「なあ、刑事さん。本当にあのペットボトルにおかしなところはなかったのかよ？　なにかあったはずだろ。なにか……」

香川は妻に対する態度とうって変わって、すがりつくように成瀬に言った。

「ああ、そういえば、ボトルに巻かれているプラスチックフィルムがずれていたとか言っていましたけど……」

「あの『コーラ』って書いてあるフィルムか？　じゃあ、やっぱりなにか細工がしてあったんだろ」香川は巨体を乗り出して叫ぶ。

「いえ、どんなに検査しても、ペットボトルの中身が市販されているコーラで、なにもおかしなものが混ざっていないことは間違いないんです。きっと持ち運びしている時にずれたんですよ」

成瀬は「話はこれで終わりだ」とばかりに手を振った。

「さっき申し上げましたように、また交通課の者が話をうかがいに参りますので、その時はよろしくお願いします」

慇懃《いんぎん》にその言葉を残すと、成瀬は一礼して病室を出て行こうとした。香川は「あっ」と声を上げると、その背中に向かってボンレスハムのような腕を伸ばす。しかし、成瀬が歩みを止めることはなかった。虚空《こくう》をつかんだ手が力なく垂れさがっていく。香川の妻は、うつむく夫の肩におずおずと手を触れた。

「触るんじゃねえ！」

香川はその手を乱暴に払いのけると、妻をにらんだ。

「どうせお前も、俺が居眠り運転でもしたと思っているんだろ。ふざけやがって。誰の稼いだ金で食ってると思ってんだ！」

「そんな……。私はただ……」

「分かってるんだよ、お前みたいなやつが考えることなんてな。今回だって、俺が死ななくて残念だとでも思っているんだろ。もし死んでたら、保険金もたっぷり……」

「いい加減にして！」

香川の妻の怒声が空気をふるわせる。音に敏感な鷹央が体を硬直させた。

「なんなの、あなたは。勝手なことばかり言って！　昔は……、昔はもっと優しかったじゃない。なのに社長が替わってからずっとイライラして、私の言うこと聞かなくなって……」

香川の妻は口元を押さえて声を詰まらすと、小走りに病室から出て行った。香川は渋い表情で黙りこむ。なんとも居心地の悪い空気がベッドの周辺に充満しはじめた。次の瞬間、野瀬の白衣のポケットから安っぽい電子音が流れ出す。

「ああ、すみませんが呼び出されました。ちょっと失礼します」

ポケットベルを取り出した野瀬は、逃げるかのように病室から出て行った。

「それじゃあ、私もちょっと考えたいことあるから〝家〟に戻るかな。回診はまた明日だな」

鷹央は身をひるがえすと、僕が止める間もなく病室から去っていく。部屋には、ベッドの上で分厚い唇を噛んで黙りこむ巨漢と僕だけが残された。

……逃げ遅れてしまった。

暗い表情でうつむく香川を横目で見ながら、僕は唇の片端を引きつらせる。できることなら僕もこの場から脱出したいのだが、あからさまに落ち込んでいる患者を一人残すのもはばかられる。どうしたものか迷っていると、うつむいたまま、香川が独り言でもつぶやくように喋《しゃべ》りはじめた。

「なあ、先生。……あんたも俺がミスをして事故を起こしたと思うか？　自分のミスをごまかすために、毒だとか体が動かなくなったとかほらを吹いているって……」

僕は口を開きかけるが、なんといえばいいのか分からなかった。警察がコーラに異常が無かったと確認したのだから、やはり毒などは混ぜられていなかったと思う。しかし、巨体が一回り小さくなったように見えるほど落ち込んでいる香川を前に、そうは言えなかった。

「なんでこんなことになったんだよ……。あのコーラはなにかおかしかった。絶対におかしかったんだ。やばいんだよ……。もし、毒でも病気でもなくて事故起こしたら、仕事がなくなっちまう。そんなことになったら、葵が……。葵を……」

「葵？」

「娘だよ。まだ九歳だけどな、俺の娘とは思えないほど頭が良いんだ。あいつは私立の中学にいかせてやって、大学まで……。それには金がかかるんだよ！」

娘の話になって、かすかに表情を緩めた香川だったが、すぐに頭を抱えてうめきだす。

「あの……例えばですね。事故のあとトラックの中に置かれていたペットボトルが、警察が回収する前にすり替えられていたりとか……」

香川のあまりに痛々しい様子に、僕は思わず強引に辻褄《つじつま》を合わせる仮説を口にしてしまう。香川はまん丸の顔をがばっと上げると、目を見開いて僕を凝視した。

「それだ！　きっとそれだ！　だとすると……」

大声を上げると、香川は十数秒虚空に視線をさまよわせる。

「……社長だ。スーパーで混ぜられてたんじゃねえ。きっとペットボトルに毒が混ぜられる事件が続いているのを聞いて、あの野郎が俺に毒を盛ったんだ。そういえば社長の奴、病院に来る前に事故現場に行ってきたって言ってやがった。その時にボトルをすり替えやがったんだ。そうに決まってる！　あの野郎、ぶっ殺してやる！」

「あの、落ち着いて、まだそうと決まったわけじゃ……」

顔を紅潮させ、いまにも社長を襲いに行きそうな香川を、僕は必死に落ち着かせようとする。香川は床頭台に置かれていたコーラのペットボトルに手を伸ばすと、中身をラッパ飲みで喉《のど》に流し込みはじめた。どうやらコーラが精神安定剤がわりらしい。

「ああ、悪かったな、興奮してよ」

香川は大きくげっぷを吐くと、言葉を続ける。

「なあ、先生。あいつがすり替えていたとしたら、どうやって証明すればいい？　考えてくれよ。もう俺が飲んでいたコーラはたぶん、あの野郎に処分されちまった。どうやって俺が、本当に毒を盛られたって証明すればいいんだよ？」

「香川さんの血液と尿を、警察とうちで調べています。もし毒を摂取していたら、そこから検出されるはずですよ」

香川の顔に笑顔が広がっていく。あごの脂肪がぷるぷると震えた。

「良かった。これで大丈夫だ。これで葵をちゃんと……」

弛緩《しかん》した顔で香川はつぶやく。

「たぶん、もうすぐ検査結果でますから、そうしたら直接ここにお知らせに……」

「いや、そりゃ無理だよ」

香川は僕の言葉を、皮肉っぽい笑みを浮かべて遮った。

「多分、その前に俺はここからいなくなるからな」

「いなくなる?」

「ああ。さっき、あの野瀬とかいう主治医に言われたんだよ。色々検査したけどなにも異常ないから、明日退院だってよ。俺がもっとしっかり検査してくれって言っても、取り付くしまもなかったよ」

香川は乾いた笑い声を上げる。

「まあ、しかたないな。けれど血と小便の検査結果分かったら、連絡くれるんだろ。それで良いさ。明日の午後退院だから、学校終わった娘も付き添ってくれるんだってよ。ああ、さっき家内を怒らせちまったから、あとで電話して謝っとかないとな。じゃなきゃ、明日迎えに来てもらえねえかもしれない」

「良いご家族ですね」

「ああ、ありがとよ」

香川のもともと細い目が、さらに細くなった。

3

「戻りましたー」

翌日の午後五時過ぎ、僕は統括診断部の医局を兼ねる鷹央の〝家〟の扉を開ける。

数十分前まで、昨日中断した分も合わせて鷹央とともに回診を行っていた。回診を終えたあと、僕だけ検査や治療の指示を出すため病棟に残って、鷹央は一足先に〝家〟に戻ったのだ。

ファンシーなその外観とは対照的に、この〝家〟の内部は不気味な雰囲気を醸《かも》し出している。十五畳ほどの広さのリビングにはグランドピアノ、オーディオセット、ソファー、デスクなどが置かれ、そして室内のいたるところに、あらゆる種類の書籍がまるで樹木が生えているかのようにうずたかく積まれている。光に過敏な鷹央は日中はカーテンを引いているため、室内はいつも薄暗いので、ここに入るたびに鬱蒼《うっそう》とした森に迷い込んでしまったような心地になった。

「……おう」

弱々しい返事が聞こえた方向に視線を向けると、電子カルテの前に置かれた椅子に座った鷹央が、こちらを見ていた。なんだか、やけにテンションが低い。回診のときはいつもどおりだったのに、なにかあったのだろうか？

「どうかしました？　そんな死にそうな声だして」

僕が近づくと、鷹央は早口で「べつになんでもない」と、あわてて電子カルテのディスプレイを消した。しかし、画面が暗転する直前、僕はそこに表示されていた患者の名前をなんとか読み取ることができた。

『三木《みき》健太』

健太って、たしか昨日会った少年の名前じゃ……。

僕が昨日の出来事を思い出していると、鷹央は電子カルテの隣に置かれているパソコンを立ち上げた。鷹央が自作したという、やけに巨大なデスクトップパソコンは、唸るような駆動音をたてながら起動する。

「お、結果来てるな」

マウスを操作しながら液晶画面を覗《のぞ》き込んだ鷹央は、楽しげに言う。その口調は、ついさっきの暗い態度をごまかしているかのようだった。

「結果？」

「あの毒を盛られたって騒いでいたでかい男の、血液と尿の検査結果だ」

その言葉を聞いて、僕は鷹央の肩越しにディスプレイをのぞき込んだ。

「どうだったんですか、結果は？」

「……なんだ、お前。そんなに知りたいのか？　あまり興味なさそうだったじゃないか」

「いえ、そうでしたけど……。それで、なにか毒物は検出されたんですか？」

昨日の悲哀に満ちた香川の様子を見れば、できれば事故の原因が彼自身にあるのではなく、毒によるものであって欲しいと思ってしまう。

「いや、検出されなかったな。あらゆる毒物を調べてくれたが、血液からも尿からも毒は出なかった」

「そう……ですか」

僕は軽く肩を落とす。

「これで、本当に毒が盛られていて、トラックに残していたペットボトルが警察に回収される前にすり替えられていた線も無くなったな」

「えっ？　先生もそのことを思いついていたんですか？」

昨日考えたことを指摘され、僕は目を大きくする。鷹央は小首をかしげて僕の目をのぞき込んで来た。

「当たり前だろ。コーラから毒が検出されなかった時点で、どんな馬鹿でもすぐに思いつくことだ」

……すいませんね。すぐに思いつかないような馬鹿で。

「なんにしろ、これでその可能性も消えた。あとは残った仮説を証明するだけ……」

鷹央は電子カルテのディスプレイを点《つ》けると、背後にいる僕から画面を隠すようにしながら素早くマウスを操作して『三木健太』のカルテを消し、かわりに入院患者のリストを表示させる。

「……ん？　んん？」

ディスプレイに顔を近づけながら、鷹央はいぶかしげに眉間《みけん》にしわを寄せた。次第にその元々大きな目が、目尻《めじり》が裂けそうなほど見開かれていく。手元のマウスがカチカチとせわしなくクリックされる。

「なんじゃこりゃ!?」

鷹央のだみ声が部屋の空気を震わせた。

「ど、どうしたんですか?」

「香川昌平が。あの太った男が入院していないんだ!」

「ああ、たしか今日退院するって言っていましたよ」

「ホワッツ!?」

なぜ英語? よっぽど混乱しているようだ。

「いいえ、色々検査したけど、特に異常が見つからないからららしいですけど」

鷹央は首の関節が錆《さ》び付いたような動きで、僕の方を向く。

「お前……このことを知っていたのか?」

「え、いや……、それは……」

「知っていたんだな?」

「ええ、……まあ」

「馬鹿か! なに考えているんだ! なんで私に言わないんだ!」

「いいえ、でも、脳神経外科でやった検査で、特に異常が見つかっていないんですよ。退院しても問題ないんじゃないかと……」

浴びせかけられる冷たい視線に、僕の言葉は尻つぼみに小さくなっていく。

「お前、この統括診断部で四ヶ月間、なにを勉強してきたんだよ。検査はお前が自分でやったのか？　お前が自分で、あの男にはなんの異常もないと判断したのか？　他人の診断をそのまま鵜呑《うの》みにしてどうするんだ。私たちはこれまで何度も、他の医者が白旗をあげた患者に診断を下してきただろ。他人の意見に引っ張られるな。自分の診断にプライドを持て」

鷹央の口調は普段どおりの抑揚のないものに戻っていた。そしてそれは、怒鳴りつけられるよりもはるかに強く僕の心を揺すぶった。

鷹央の言うとおりだ。なんで僕は自分は検査をしたわけでもないのに、香川の体に異常が無いと判断してしまったんだろう。羞恥心《しゅうちしん》が容赦《ようしゃ》なく僕を責め立てる。

「……すみません」

「私に謝ってもしかたないだろう。まずはあの馬鹿主治医に会いに行くぞ。そして、香川昌平を呼び戻して、今度は私たちで診断するんだ」

鷹央はそう言うや否《いな》や立ち上がると、小走りで〝家〟の出口へと向かう。僕もその後を追った。屋上を横切り、階段を駆け下りた鷹央と僕は、脳神経外科の入院病棟である六階西病棟に到着する。

「野瀬とかいう馬鹿はいるか？」

鷹央はナースステーションに入ると、大声で言った。数人の看護師が目を丸くして鷹央を見る。

「あの、野瀬……先生のことですか？」若いナースがおずおずと答えた。

「そうだ。その野瀬って奴だ。あの馬鹿野郎はここにいるか？」

「えっと、多分病棟を回診していると思いますけど……」

「すぐに呼んでこい！」

「は、はい」

鷹央の剣幕に怯《おび》えた看護師は、慌《あわ》ててステーションを出て廊下の奥に走っていく。三分ほどして、野瀬が鼻の付け根にしわを寄せながらステーションの中にやってきた。

「なんですか、天久先生。回診の途中なんですけどね」

「なんであの男を退院させたんだ、この馬鹿が！」

露骨に迷惑げな口調で言う野瀬を、鷹央が怒鳴りつける。野瀬の顔面の筋肉が引きつった。

「あんたなあ。理事長の娘かなにか知らないがな、まだ卒後四年目の分際で、十年以上医者やってる俺に向かって……」

「年齢が関係あるか馬鹿！　お前が適当なことをしてるから言ってるんだ馬鹿！　なん

で兼科している統括診断部に連絡もいれないで、あの男を退院させたんだ、大馬鹿野郎！」

馬鹿馬鹿と大声で連発しながら迫ってくる鷹央の迫力に、野瀬は軽くのけぞる。

「退院の時、兼科先の医者に連絡入れるっていうのは、あくまで慣例だ。主治医の俺が退院だって判断したんだ。誰にも文句言われる筋合いなんかない」

「なんで退院させるなんて、馬鹿な判断ができたかって訊《き》いているんだ。あの男が意識を失った原因も分かってないのに」

「検査でなにも異常が無かったんだよ。きっと全部、事故の責任を逃れるための嘘だったんだ。意識を失ったっていうのも、毒を盛られたかもしれないっていうのもな」

「なんでそう言い切れる。お前はちゃんと……」

鷹央が顔を紅潮させてさらに文句を重ねようとした瞬間、野瀬の白衣から電子音が響いた。ポケットベルを取り出した野瀬は、片手を突き出して鷹央の言葉を遮ると、かたわらに置かれた内線電話の受話器を手にとった。電話でなにやら話しはじめた野瀬を上目づかいににらみながら、鷹央は桜色の唇を尖《とが》らす。

「えっ!?」

唐突に野瀬が甲高い声を上げた。その顔がみるみる青ざめていく。

「どうかしましたか？」

ただならぬ様子に僕が声をかけると、野瀬は受話器を持った手をだらりと下げ、呆然《ぼうぜん》とつぶやいた。

「香川さんが……、意識喪失して……、痙攣《けいれん》して救急搬送されてくる……」


鷹央、僕、そして野瀬が救急処置室に飛び込むと、ちょうど香川の巨体が救急隊員と救急室のスタッフによってベッドに移されたところだった。

「香川さん、聞こえますか？　聞こえたら返事をして」

救急医が香川の体を揺すりながら声をかける。しかし、香川が返事をすることは無かった。目は開いているが、その焦点はあきらかに合っていない。口の端からは涎《よだれ》が垂れ、なにやらうめき声をあげている。その全身は細かく震えていた。

「昌平さん！　昌平さん！」

妻が香川の体にすがりついて声をあげる。その横では、娘の葵が青ざめた顔でベッド上の父を見ていた。二人は看護師にうながされ、処置室の隅へと移動する。救急室のスタッフがベッドの周りに集まり、服の切断、点滴ラインの確保、採血などを素早く開始した。その中には鴻ノ池の姿もある。

「タクシーで帰っている途中で、車内でコーラを飲んだら、また味がおかしいって言い出して。そのうち手が震えて、気分が悪いって……、そして意識が……」

香川の妻は言葉を詰まらす。今回もコーラを飲んだ後に調子が悪くなった？　やはりコーラに毒が盛られていたのか？

「そ、その人は私の患者なんだ。ま、まずバイタルを計って……」

「野瀬先生。ここは私たちにまかせてください」

救急医が野瀬の言葉を遮る。救急での治療は担当する救急医の仕事だ。入院中の主治医であっても野瀬が口を出す場面ではない。野瀬は唇を嚙《か》んで黙りこむ。

「邪魔だ」

ベッドのそばで立ちつくす野瀬を、鷹央が押しのける。その手にはいつの間にか、透明な液体の入った二十ミリリットルのシリンジが握られていた。

「ちょっとどいとくれ」

鷹央は点滴の滴下速度を調節していた鴻ノ池のわきから手を伸ばすと、シリンジを点滴ラインの途中についている三方活栓に差し込んだ。

「え？　鷹央先生、なんですか、それ？」

「いいから見てろよ」

ぱちぱちとまばたきをする鴻ノ池に向かって、鷹央は下手くそなウインクをすると、シリンジの中身を押しこんでいった。透明な液体が点滴チューブを通り、香川の腕の静脈へと吸い込まれていく。

「天久先生、いったいなにを打ったんですか⁉」

鷹央の行動に気づいた救急医が、怒鳴るように訊《たず》ねる。当然の質問だ。自分が担当する患者に、他の医師が勝手に、しかもなんだか分からないものを投与したのだから。

「内緒だ。いきなり種明かしをしたらつまらないからな」

「ふざけないで……」

救急医は発しかけた怒声を飲み込む。ベッドの上でゆっくりと上半身を起こした香川を見て。

「俺は……。ここは……病院？」

焦点の戻った目で処置室をきょろきょろと見渡しながら、香川は呆然とつぶやいた。

「鷹央先生、凄《すご》い！」

興奮した声を上げた鴻ノ池を、救急医が軽くにらむ。鴻ノ池ははにかみながら首をすくめた。

香川は自分の手のひらを見つめながら、ぶつぶつとつぶやきはじめる。

「俺は……、タクシーでコーラを飲んで……、また味がおかしいと思って……」

そこまでつぶやいたところで、香川ははっと顔を上げ、処置室の隅に立ちつくす妻を見た。

「お前か？」香川は妻に視線を注いだまま、震える声で言った。「お前が、毒を入れたのか?」

「な、なに言ってるの?」香川の妻が目を剝《む》く。

「さっき飲んだコーラは、今日お前が家から持ってきてくれたものじゃないか。毒を混ぜられるのはお前だけだ。なんでそんなことを……」

「やめろ、馬鹿」

さらに妻をなじろうと息を吸い込んだ香川の頭を、背伸びをした鷹央の平手がはたいた。患者の頭をはたくという、あまりにも常識外れの行動に、誰もが絶句する。

「な……なにしやがるんだ。だってあいつが……」

「お前の妻は毒を盛ったりしていない。勘違いするんじゃない。それ以上言ったら家庭崩壊するぞ」

はたかれた頭をおさえる香川を叱《しか》りつけると、鷹央は言葉を続ける。

「お前、タクシーの中で菓子は食べてないな?」

「え? 菓子? そりゃあ、他人の車の中で菓子なんて食えるわけないだろ」

「今日、昼飯のあとはどうだ? なにか菓子は食べたか?」

「食ってねえよ。置いてあった菓子は、今日の午前中に全部食べちまったからな。なんだよ、菓子に毒が入っていたと思っているのか? けどな、昼飯のあと口にしたのは、家から持ってきてもらったあのコーラだけなんだ。あのコーラの味はおかしかった。あれに毒が入っていたに決まってるんだよ」

香川の言葉を満足げにうなずきながら聞いた鷹央は、香川の妻に視線を向ける。

「タクシーの中でこの男が飲んだコーラ、まだ持っているか？」

「あ、はい、持ってます」

香川の妻は慌てて、手に持っていたエコバッグの中からコーラの一・五リットルペットボトルを取り出すと、鷹央に手渡した。一見したところ、なんの変哲もないペットボトルのようだった。中身は三分の一ほど減っている。鷹央はまじまじとそれを観察しはじめた。

「やっぱりな……」

つぶやいた鷹央は、ペットボトルのフィルム部分を指さす。

「このフィルムが重なっている部分が少しずれている。他のコーラのペットボトルからフィルムだけ取って、これに巻き付けたんだ」

「じゃあ、そのペットボトルは……」

「ああ、これは普通のコーラじゃない」

身を乗り出した香川に向かって、鷹央はうなずいた。

「やっぱり毒が入っていたんだな！」

「だから、違うって言ってるだろ。何度言ったら分かるんだ。少しは人の話を聞けよ。

しかたがないな。おい、小鳥」

「え、はい、なんですか？」

唐突に名指しされ、僕は目をしばたたかせる。

「これを飲め。ぐいっとな」

鷹央は僕に向かってペットボトルをつきだした。

とんでもないことを言われ、喉の奥から「うぇぇ……」と変な音がもれ出す。

「ちょっと待って下さいよ。それ、毒が入って……」

「大丈夫だ、毒なんて入ってない。私を信じてぐいっといけ。これまで私がお前に嘘をついたことがあるか」

「腐るほど！」

鷹央は僕をからかうためには手段を選ばない。

「まあ……それは置いておいて。今回は大丈夫だ。いいからさっさと飲め。ほれ、ぐいっと」

鷹央はペットボトルの蓋《ふた》を開け、押しつけてきた。僕は両手でペットボトルを受け取ると、周囲を見回す。処置室にいる全員が、無言で僕を凝視していた。

見てないで、誰か止めてくれ……。

「……本当に大丈夫なんですね？」

「もちろんだ」

鷹央はやけに力強くうなずいた。僕は手の中のペットボトルを見下ろす。

大丈夫、いくら鷹央でも部下に毒を飲ませたりはしないだろう。……多分。

それに、鷹央がやらせるということは、きっとこれは必要なことに違いない。

僕は覚悟を決めると、ペットボトルを口につけ、その中身をあおっていく。鴻ノ池が息を飲む音が聞こえた。独特の爽《さわ》やかな風味と刺激が喉を通り抜け、舌が甘みに包まれる。なかばやけくそになりながら、ごくごくとコーラを喉の奥に流しこむと、僕は大きく息をついた。

「飲みましたよ、これで良いんで……げふっ」

「げっぷするなよ、汚ねえなあ。それで、味はどうだった？　なにかおかしなところはあったか？」

「普通のコーラ……だったと思いますよ。体調に変化は無いですけど。いまのところは」

「な、毒なんて入ってなかっただろ？」

鷹央は香川に向かって得意げに胸を張る。

「まだ飲んだばっかりじゃねえか。これからなにか起こるかもしれねえだろ。第一、お前も言っていたじゃないか。コーラがすり替えられていたってな。いったい誰がそんなことしたって言うんだよ」

香川は僕のパフォーマンスに圧倒されたのか、いくらか語気を弱めながら言う。

「なんだ、すり替えた犯人が知りたいのか？　教えてくれよ！　誰なんだ。やっぱり社長なのか？」

「分かっているのか、犯人を？　教えてくれよ！　誰なんだ。やっぱり社長なのか？」

香川はベッドからその巨体を乗り出す。

「ああ、もちろん分かっているぞ。……あいつだ」

鷹央は人差し指を立てて部屋の隅を指さした。その場にいる誰もが息を飲む。

指がさした先、そこには怯えた表情で立ちすくむ香川の娘、葵の姿があった。


「ふざけるなぁ！」

獣の咆吼《ほうこう》のような怒声が処置室の空気をふるわせる。茹蛸《ゆでだこ》のように顔を紅潮させた香川が、鷹央に摑《つか》みかからんばかりに腕を伸ばした。僕は反射的に鷹央の前に移動する。

「葵が、娘が俺に毒を盛っただと？　ふざけたこと抜かすと、首根っこを……」

「毒なんぞ盛ってないって言っているだろ。落ち着けよ。お前の娘が怯えているぞ」

僕のわきから顔を出した鷹央が言った。娘に言及され、香川は歯軋《はぎし》りを響かせながらも怒声を飲み込む。鷹央はその場で百八十度方向転換すると、すたすたと部屋の隅にいる母子の前まで歩いて行った。香川の妻が、かばうように娘を抱きしめる。

「母親はコーラのすり替えをまったく知らなかった。もし知っていたら、自分から言うはずなんだ。そして、コーラは家から直接持って来られた。そうなると、残るのはお前だけだ。お前が普通のコーラから剝《は》がしたフィルムをあのペットボトルに貼《は》り直して、父親が飲むコーラをすり替えた。そうだろ？」

鷹央を前にして、葵は怯えた表情を浮かべながら、母親の上着のすそを摑む。

「なんで葵がそんなことをするって……」

「はい……そうです。ごめんなさい」

香川の妻があげかけた抗議のセリフを、蚊の鳴くような葵の声が遮る。香川の妻は口を半開きにして隣に立つ娘を見た。

「葵……嘘でしょ？　あなたがお父さんを……？」

「ごめんなさい。ごめんなさい……」葵はうつむき、嗚咽《おえつ》まじりに謝り続ける。

「葵が？　そんなの、嘘だ……」香川が熱にうかされたような声でつぶやいた。

この場にいるほとんどの者が言葉を失っていた。娘がコーラを入れ替えて父親を意識不明に追いやった？　いったいどういうことなんだ？　そもそも、コーラには毒なんて入っていないって……。そうじゃないと、さっきそれを飲んだ僕にとっては一大事だ。

「子供を責めるんじゃない。こいつは父親に危害を加えようとしたわけじゃないんだ。お前ももう泣くな。お前のおかげで父親は助かるんだからな」

鷹央は葵の頭を撫《な》でながら、珍しく優しい口調で言う。父親が助かる？　ますますもって意味が分からない。

「あの、天久先生。いったいなにがどうなっているのか、私たちにはまったく分からないんですが……。説明して頂けませんか？」

野瀬が鷹央に説明を求める。さっきまでとはうって変わった丁寧な口調で。

「なんだ、ここまで来てもまだ分からないのか？　しかたがないな、誰にでも分かるように種明かししてやるとするか」

鷹央はぴょこんと左手の人差し指を立てると、すたすたと再びベッドに近づいて来た。

「CTだ。この男のCTを撮るぞ」

鷹央はいまだに口を半開きにしたまま固まっている香川を指さす。

「CT……ですか？　けど脳波もMRIもとったけれど、脳に異常はなにも……」

野瀬が眉根《まゆね》を寄せる。

「脳じゃない」

鷹央は薄い桃色をした唇の両端を吊《つ》り上げた。

「腹だ」

「お腹《なか》ですかぁ？」鴻ノ池が小首をかしげる。

「いいからだまされたと思って撮ってみろ。きっと面白いことになるから」

鷹央が楽しげに言うのを聞きながら、僕は周りの医師たちと顔を見合わせた。

それから数分後。本人の同意をとって、僕たちは香川をCT撮影室へと運び、その体を撮影台に載せていた。

「それじゃあ、これから撮影していきます。そのまま動かないで下さい」

放射線技師がマイクを使って、撮影室の香川に声をかける。香川以外は全員、撮影室の隣にある操作室から、ガラス越しに香川を見ていた。狭い部屋に十人近い人数が押しこまれ、軽く息苦しさを感じる。

「えっと、意識障害で運ばれた患者さんなんですよね。撮影部位は上腹部で本当に良いんですか？」

放射線技師が怪訝《けげん》な表情を浮かべて鷹央に訊ねる。鷹央はにやにやと笑ったままうなずいた。放射線技師は肩をすくめると、操作盤のボタンをぽちぽちと押しはじめる。

「それじゃあ撮影します。息を止めて下さい」

CTが唸るような音をたてながら、香川の上腹部からへそまでを数秒で往復する。すぐ、目の前のディスプレイに、体を輪切りにした画像が映し出されていった。

肺の下部や肝臓、胃などが映ったみぞおちの上部から、画像は徐々に低い位置のものになっていく。数回画面が切り替わったところで、『それ』は現れた。その場にいる鷹央以外の医師たちの口から、同時に「あっ」という声が漏れる。

体の背中側にある、ブドウの房を細長くしたような臓器、膵臓《すいぞう》。その『房』の先に当たる部分に、円形の白い陰影がはっきりと映し出されていた。

あれは……腫瘍《しゅよう》？

膵臓の腫瘍、大量の脂肪を蓄えた体、体の震えと意識障害……。

「もしかして……」

僕の頭の中に一つの疾患の名前が浮かんでくる。

「そう、あの男はインスリノーマだ」

鷹央の歌うような高らかな声が、操作室の中に響いた。


「あの、いんす……って、なんですか？」

僕たちの様子を操作室の後方でうかがっていた香川の妻が、娘と手を繫《つな》いだまま不安げに訊ねてくる。それはそうだろう。いきなり聞いたこともない病気の名前が出てきたのだから。

「インスリノーマ。膵臓に発生するホルモン産生腫瘍だ。ランゲルハンス島のB細胞が腫瘍化したもので、多くの場合は良性だ。かなり稀《まれ》な疾患で、百万人に一人か二人ぐらいの割合でしかみられない。やや、女に多い傾向があり……」

鷹央は滔々《とうとう》とインスリノーマについての知識を述べはじめる。しかし、医療関係者でない香川の妻に、その専門用語の多い説明が理解できるはずもなかった。案の定、香川の妻は目を白黒させる。

「先生、もっと簡単に説明しないと分かりませんよ」

「どうだったんだ。なにか分かったのか?」

僕が鷹央に忠告すると同時に、撮影室から痺れを切らした香川がだみ声を上げてきた。説明を遮られた鷹央は顔をしかめ、「分かったよ、簡単に説明すればいいんだろ」と唇を尖らすと、撮影室のスピーカーにつながるマイクのスイッチを入れた。

「お前の膵臓に腫瘍が見つかった。インスリノーマって言う、インスリンを際限なく分《ぶん》泌《ぴつ》する腫瘍だ。インスリンは血中のブドウ糖を脂肪細胞や筋細胞などの中に移動させて、血糖値を一定に保つためのホルモンだ。けれど、インスリノーマの患者は血糖値と関係なくインスリンが大量に分泌されるため、低血糖になり腹が空《す》く。患者は低血糖を避けるため、大量に食事、特に糖分の多いものを食べるようになり、肥満になるんだ」

「じゃあ、俺がいつも菓子を食べるのって……」

鷹央の説明を聞いた香川は、その巨体をCTの撮影台から起こす。

「そうだ。お前はインスリン過剰分泌による低血糖を避けるため、本能的に菓子を食べていたんだ。お前が大量に菓子を食べて太りはじめたのは、確か五年くらい前だったよな。きっと、そのあたりで腫瘍ができたんだろうな」

「それじゃあ、……この前と今日、俺の体がおかしくなったのはなんでなんだよ？」

「あれは低血糖の症状だ。脳は常に大量のブドウ糖を必要としている。血中のブドウ糖濃度が低くなると、吐き気や全身の震え、そして場合によっては意識障害が生じる。お前の体に起こったようにな」

「けれど、これまでそんなこと一度もなかったんだぞ。それなのに、あのコーラを飲んだら……。あれになにが入っていたって言うんだよ」

「入っていたんじゃない、入っていなかったんだ」

「はあ？」

鷹央の謎《なぞ》かけのような言葉に、香川は眉をひそめる。

「お前は仕事中、インスリノーマによる低血糖を避けるために、大量のコーラを飲んでいた。コーラにはかなりのブドウ糖が含まれている。そのおかげで、お前はこれまで低血糖を起こさずにすんでいた。けれどその行為は、はた目からみれば極めて不健康に見える。実際、お前はそのせいもあって、そんな肥満体になっているしな」

体のことを言われ、香川は軽く顔をしかめる。

「お前が妻に『コーラを飲みすぎだ』『このままじゃ体を壊す』と言われているところを、娘は何度も目撃してきたはずだ。だから、お前の娘はとあるアイデアを思いついた。なけなしの小遣いで『あるもの』を買って、それに家にあった普通のコーラのフィルムを丁寧に貼って、入れ替えたんだ」

「あるものって……なんだよ？」

話が核心に迫っているのを感じたのか、香川の声がかすかに震える。鷹央は左手の人差し指を立てると、ゆっくりと口を開いた。

「ゼロカロリーコーラだ」

僕は目を見開く。鷹央がその言葉を口にした瞬間、頭蓋《ずがい》の中に漂っていた全《すべ》ての謎が一瞬にして蒸発した。香川はガラス越しに自分の娘を凝視する。

「娘は父親の健康を気づかって、普段飲んでいるコーラを密《ひそ》かにゼロカロリーコーラにすり替えた。普通に頼んでも、コーラに異常にこだわりのある父親が受け入れてくれないとでも思ったのかもな。この年齢にしては賢い子供だ。そして、そんなことも知らず、お前はゼロカロリーコーラを飲みながら仕事をした」

唇が乾燥したのか、鷹央は舌で唇を一舐《な》めすると話を続ける。

「ゼロカロリーコーラは人工甘味料を使っているので、普通のコーラといくらか味が違う。普段からコーラを飲み慣れているお前は、その微妙な違いに気がついた。そして味以上に大きな違いがあった。ゼロカロリーコーラにはブドウ糖が含まれていないことだ。いままでコーラのブドウ糖で血糖値を保ってきたお前は、それが出来なくなって低血糖を起こし、意識を失ったんだ」

鷹央は満足げに説明を終えると、左手の立てた人差し指を、指揮者のように得意げに振った。鷹央の鮮やかな謎解きを聞いて、誰もが言葉を失っていた。耳がおかしくなったのではないかと思えるほどの沈黙が部屋に満ちる。

「本当に……本当に、いまあんたが言ったことは間違いないのか？」

震える香川の声が沈黙を破る。

「ああ、間違いない。さっきお前が運び込まれた時に私が投与したのは、五十パーセントのブドウ糖液だ。お前はあれを打たれてすぐに意識を回復した。意識障害の原因が低血糖だった証拠だ。ちなみに、最初に搬送された時にしばらくして意識が戻ったのは、点滴に含まれるブドウ糖でじわじわ血糖値が上がったからだろうな」

鷹央はそう言うと、操作室と撮影室を繋ぐ扉を開け、香川の妻に目配せをした。妻は数瞬ためらったあと、娘の手を引いてゆっくりとCTの撮影台の上にいる夫に近づいて行く。

「娘を叱るなよ。お前のことを思ってやったことだ。そのおかげで、本格的に体がおかしくなる前に腫瘍が見つかったんだからな」

「叱るわけないだろ。叱るわけない……」

香川は目を真っ赤に充血させながら、おそるおそる自分に近づいて来た娘の頭を撫でる。

「そういえば、お前が妻と険悪になったのも、数年前からだったよな。多分、それもこの病気の影響だ。血糖値が下がると、人間は苛《いら》ついて攻撃的になるからな。腹が減ると苛つくのと同じだ。治療すれば、それも良くなる可能性が高い。家庭崩壊する前で良かったな」

「治療？　治るのか、俺は？」

香川は顔を上げ、涙で濡《ぬ》れた目を鷹央に向ける。

「ああ、多くの場合は手術で腫瘍を切除すれば治る。それ以外にも治療法はある。外科と内分泌内科に紹介してやるから、まずは精査して、そのあとで治療法についてよく話し合うんだな。しっかり治療すれば、肥満も段々に良くなってくるはずだ」

堪《こら》えきれなくなった香川は嗚咽を漏らすと、その太い腕で妻と娘を抱きしめた。

「一件落着、っていうところだな」

三人の家族が抱き合っているのを目を細めて眺めながら、鷹央は両手をあげて大きく伸びをする。

「やっぱり鷹央先生かっこいい」

僕の隣で、鴻ノ池がうっとりと鷹央を眺めながらつぶやいた。

＊

高級感のある木製の扉を三度ノックし数秒待つと、中から「入っていいぞ」という声が聞こえてきた。僕はノブを回し扉を開ける。

香川の事件が解決した翌日の午後七時過ぎ、僕は病院の屋上に立つ鷹央の〝家〟を訪れていた。この〝家〟は統括診断部の医局も兼ねているので、午前八時半から午後六時までは勝手に入っていいことになっているのだが、それ以外の時間はノックをするようにしている。

「なんか用か、小鳥？」

立ち並ぶ〝本の樹《き》〟の奥で、鷹央がソファーに寝そべり、分厚い図鑑を眺めていた。図鑑の背表紙には『深海生物大図鑑』の文字が記されている。……なにを読んでいるんだか。

今日は一日中救急部へ派遣される日なので、本来この〝家〟に顔を出す必要はなかった。

「『アフタヌーン』のケーキを買ってきたんですけど、よかったら食べませんか」

僕は手に持ったケーキ箱を差し出す。とたんに鷹央は図鑑を放り、ソファーから跳ね起きた。

「食べる！　食べるに決まっているだろ！」

『アフタヌーン』はこの病院の近くにある喫茶店で、そこの手作りケーキは鷹央の大好物だった。

「はいはい」

僕は苦笑しながら、ダイニングテーブルの上に置かれた本をまとめてスペースを作ると、そこにケーキの箱を置いた。

超偏食の鷹央は基本的に、カレーと甘味以外口にしない。そして特に、激辛カレーと洋菓子に目がなかった。

「ショートケーキとチーズケーキ買ってきましたけど、どっち食べます？」

「……両方はだめなのか？」鷹央は真剣そのものの表情で言う。

「欲張んな」

子供のように頰を膨らませながらケーキの箱を開けた鷹央は、中に入っている二つのケーキを凝視しはじめた。

「そう言えば、スーパーのペットボトルに毒を混ぜていた犯人、捕まったみたいですね」

ついさっき、救急部控え室のテレビでニュース速報が流れているのを見た。

「ああ、近所に住んでいた高校生だろ。受験勉強のストレスが溜《た》まっていてやったって。全然理由になってないよな」

つぶやきながらも、鷹央の視線は箱の中のケーキに縫いつけられたままだった。額に汗すら浮いている。どれだけ悩んでいるんだ、この人。

「香川さん、全身の造影CTやったらしいですけど、どうやら手術可能らしいですね」

「そうか、そりゃ良かったな。まあ、あそこまで脂肪がつくと、普通の体重まで戻るのにはかなり時間かかるだろうけどな」

鷹央はおざなりに答える。どうやら、意識を全《すべ》てケーキに吸い込まれているようだ。

「ちなみに、先生はいつ頃、香川さんがインスリノーマかもしれないって思ったんですか？」

僕が訊ねると、鷹央はようやく目だけ動かして、上目づかいに僕を見てくる。

「うん？　最初に救急室であの男の話を聞いた時だな」

「え、最初から？」

「あの男の食生活を聞いただろ。コーラを毎日四・五リットルだぞ、そんなことを続ければ、普通は糖尿病になる。けれどあの男は、健康診断で糖尿を指摘されたことはないと言っていた。糖尿病は基本的にインスリンが不足して起こる疾患だ。だから、もしかしたらあの男の体では、インスリンが過剰に生産されているのかもしれないと思ったんだ。優秀な診断医なら、それくらい思いついて当然だ」

あらためて言葉にされると、その通りかもしれない。また叱られている気分になり、僕は首をすくめる。鷹央は再び視線をケーキに落とした。

「まあ、私も毒が盛られていないことを確認したり、気をつかって主治医に先に検査させてやっているうちに、患者が退院させられたのは予想外だったよ。部下がそのことを報告しないこともな」

　説教は続くらしい。僕は顔を伏せてさらに体を小さくする。

「どうせ、このケーキもその罪滅ぼしのつもりなんだろ。まったく、私がこんなものでつられると思って……。ああ！　どっちか片方だけなんて残酷すぎる」

　つられまくってるじゃないか。

「そうだ。両方二等分して分けるっていうのはだめか？　そうすれば両方の味を楽しめる」

　顔を上げた鷹央は、満面の笑みで両手を胸の前で合わせた。

「いいですよ、それで」

　僕は苦笑しながらうなずく。

「よし、フォークと皿を取ってくる」

　鷹央はいそいそと、部屋の奥にある台所へと続く扉の中に消えていった。

　このリビングには三つの扉があり、それぞれ台所と洗面所、そして鷹央のプライベートスペースへ繋がっている。台所と洗面所は出入りする許可をもらっているのだが、プライベートスペースへと続く扉に関しては「勝手に入ったら殺す」と釘《くぎ》をさされていた。

鷹央はすぐ、食器を手にリビングへ戻ってくる。

「そう言えば、僕にあのコーラを飲ませるっていうパフォーマンスも効果的でしたね。あれで香川さんが圧倒されて、話を聞くようになったし」

「パフォーマンス？　なんのことだ？」

いそいそとダイニングテーブルの上に皿を置きながら、鷹央は小首をかしげた。

「え？　あのコーラを僕に飲ませたのって……」

「ああ、まあその効果も少し狙ったけど、メインの目的は単なる嫌がらせだ。お前を怯えさせて、その上であの男と間接キスでもさせれば、少しは私の気も晴れると思……。あれ、なんでケーキの箱を閉じてるんだ？　え、こら、ちょっと……。それをどこに持って行くつもりだ？　おい待て、帰るならケーキを……、一口だけでも……」

Karte.
02

吸血鬼症候群

＊

鼻先を異臭がかすめる。保安灯の薄い光の中に浮かび上がる暗い廊下を懐中電灯で照らしながら、久保美由紀《くぼみゆき》は顔をしかめた。薬品と糞尿《ふんにょう》の匂《にお》いが混じり合ったすえた空気。この病院にはいつもこの悪臭が立ち込めている。ここで働きはじめて一年以上経《た》つというのに、いまだにこの匂いには慣れることができなかった。

壁に染《し》みの目立つ廊下を、ゆっくりと周囲に視線を配りながら進んでいく。唐突に肩を叩《たた》かれ、美由紀は体を硬直させた。

「美由紀ちゃん、見つかった？」

背後から響いた聞き慣れた声に、美由紀は安堵《あんど》の息を吐く。振り返ると、脂肪で膨れあがった体を白衣で包み込んだ中年の看護師が立っていた。今夜、一緒に夜勤をしているベテラン看護師の山本だった。

「いえ、見つかりません。二階はありませんでしたか？」

「どこにもなかったわよ。もう、なんでなくなるわけ？　私、絶対に点滴台の上に出しておいたのに。美由紀ちゃん、本当に触ってないのよね？」

美由紀は軽くあごを引いてうなずく。

「ああ、本当に困っちゃうな。他にもやることいっぱいあるのに。なんであんな物がなくなっちゃうのよ」

ヒステリックに頭を掻《か》く山本を尻目《しりめ》に、美由紀はゆっくりと廊下を進んでいく。左右にある病室から、入院患者の寝息が聞こえて来る。白い光に映し出された廊下の隅を見て、美由紀は足を止めた。

「山本さん、あれ！」

「なによ、大きな声出して。患者さんが起きたら面倒……」

そこまで言ったところで、山本は大きく息を飲む。廊下に落ちている深紅のしずくを見て。そのあまりにも鮮やかな紅色は、白い光の中でやけに現実感なく目に映った。

「あれって……もしかして」

山本がしずくを指さしながらかすれた声で言うのを聞きながら、奥へと懐中電灯の光を向ける。紅《あか》いしずくが廊下に点々と続いていた。ふらふらとした足取りで、美由紀はそのしずくを追って進んでいく。うしろから山本が「ちょ、ちょっと。美由紀ちゃん……」とつぶやきながらついてきた。

右奥の病室へとしずくは続いていた。美由紀は足音をしのばせながら、その病室に入っていく。左右二床ずつ、計四床のベッドが置いてある病室の中を照らした瞬間、美由紀は足を止める。すぐうしろから、山本の小さな悲鳴が聞こえてきた。

　三メートルほど先、部屋の中心にビニール製のパックが落ちていた。その中から漏れ出た液体が、床に紅い染みをつくっている。

「あ、あれって……？」

「たぶん、……なくなった輸血パックだと思います」

　美由紀は震える声でこたえつつ、病室の中へと入っていく。

　二百ミリリットルの濃厚赤血球液が入っていたはずのパックは、ほとんど空になっていた。床にこぼれた赤血球液もそれほど多くはない。美由紀は腰を屈《かが》め、手を伸ばす。パックに触れた瞬間、その表面にこびり付いていた赤血球液が手についた。ぬるりとした感触に顔をしかめながら、パックを持ち上げる。ぽたぽたと紅いしずくが床に垂れた。

　肩越しにパックをのぞき込んで来た山本が、くぐもったうめき声を上げる。四角いパックの端、そこがぎざぎざに破れていた。まるで何者かが歯で強引に嚙《か》み切ったかのように。

　手を紅く濡《ぬ》らした美由紀は、パックを掲げたまま、ただ無言で立ちつくした。

1

「聞け小鳥、吸血鬼だってよ！」

十一月下旬のとある金曜の夕方、ポケットベルで呼び出された僕が統括診断部の外来診察室に入ると、正面から天久鷹央の楽しげな声がぶつかってきた。

「……は？　吸血鬼？」

僕は眉《まゆ》をひそめ、若草色の手術着の上にぶかぶかの白衣という、普段どおりの格好の鷹央を見る。

鷹央の前には、こちら側に背中を向けて細身の女性が座っていた。女性が振り返って僕を見る。年齢は三十歳前後といったところだろうか。化粧っ気のない顔は、どこか幸薄げに見えた。

「こいつは久保美由紀っていう看護師だ。去年の夏までうちの病院の八階病棟で働いていた」

久保美由紀と紹介された女性は、軽く会釈《えしゃく》をしてくる。ボブカットの黒髪が揺れた。

「はあ、どうも……」僕は状況がつかめないままに会釈を返す。

「そこの大男は小鳥だ。統括診断部の医局員、つまりは私の使えない部下だな」

『使えない』は余計だ。

「小鳥……先生ですか？」美由紀は小首をかしげる。

「鷹央先生につけられたあだ名です。小鳥遊っていいます。小鳥が遊ぶって書いて小鳥遊です。それで、鷹央先生。すぐに来いって、いったいなんの用なんですか？　いまは患者いないから少し抜けてきましたけど、まだ救急部の勤務中なんですよ」

「おお、そうだ。だから吸血鬼だ。吸血鬼が出たんだよ」

鷹央は大仰に両手を広げる。なんだかやけに機嫌がいい。

この人が機嫌のいい時って、決まってろくでもないことが起こるんだよな……。

「吸血鬼って……ドラキュラのことですか？」

「ドラキュラは吸血鬼の総称じゃないぞ。一八九七年にアイルランド人の作家、ブラム・ストーカーが書いた古典ホラー小説、『ドラキュラ』の主人公である吸血鬼の名前だ。モデルは十五世紀ルーマニアのトランシルバニア地方にいた、ワラキア公ヴラド三世といわれている。ヴラド三世はヴラド・ツェペシュ、つまりは『串刺《くしざ》しヴラド』とも呼ばれ、その由来は……」

「分かりました、分かりましたからそのぐらいで」

百科事典を朗読するかのように、滔々《とうとう》と『ドラキュラ』に関しての知識を喋《しゃべ》りはじめた鷹央を僕は遮る。気持ちよさそうに説明していた鷹央は、一瞬にして剣呑《けんのん》な目つきになってにらみつけてきた。話を途中で止められると、決まって不機嫌になるのだ。けれど放っておけば、このまま数時間は『ドラキュラ』についての知識を垂れ流しかねない。

「それで、吸血鬼がどうとかいうのは？」

僕が軽く水を向けると、鷹央はすぐに「ああ、そうだ」と笑顔になる。単純な人だ。

「そのことについて、いまからこいつに話を聞くところだったんだ。なっ」

鷹央が美由紀を見る。鷹央にうながされて、美由紀はどこかためらいがちに口を開いた。

「鷹央先生のお噂《うわさ》は、ここに勤めている同期のナースたちから色々と聞いています」

美由紀の言葉を聞いて鷹央は得意げにうなずいているが、どうせろくな噂ではないんだろうな。素晴らしい診断医である鷹央だが、その歯に衣《きぬ》着せぬ言動や、異常なまでの人付き合いの悪さのため、院内では鷹央をよく思っていない者も多い。とくに、診断や治療の間違いを鷹央に指摘されたベテラン医師にその傾向が強かった。

「色々な不思議な事件の相談にのって、解決してくださるって。だから、ご迷惑だと思ったんですけど、メールでご相談させていただいたんです」

美由紀の口調に次第に熱がこもっていく。

ああ、そっちの方の噂か。僕は小さくため息をついた。普段からその恐ろしいまでの知能と無限の好奇心を持て余し気味の鷹央は、病院内や周辺地域で起こったおかしな事件に首を突っ込んでは、強引に解決することがたびたびあった。いつの間にかその噂が広まり、最近ではメールなどで事件の調査を依頼してくる者までいる始末だ。そんな依頼の中に興味をひくような〝謎《なぞ》〟をみつけると、普段は冬眠中の熊《くま》のように〝家〟で引きこもっているのが嘘《うそ》のように活動的になり、鷹央はその〝謎〟と格闘しだす。そしてその際、決まって僕もその騒動に巻き込まれるのだ。

「面白そうな話だったから、直接話を聞こうと思って呼んだんだ」

「なんで僕まで呼ばれたんですか？　仕事中だったんですけど」

「だって吸血鬼だぞ、吸血鬼！　せっかくだからお前にも聞かせてやろうと思ってな」

なんたるありがた迷惑。そもそも……。

「そもそも、さっきから吸血鬼吸血鬼って、なんのことですか？」

「……盗まれたんです」

鷹央の代わりに、美由紀が陰鬱《いんうつ》な口調でこたえた。

「盗まれた、ですか？」

「ええ、私はいま、この近くにある小さな療養型病院で働いているんですけど、その病院で窃盗がありまして」

「窃盗って、それなら警察の仕事じゃないですか」

「いえ、盗まれたものがあまりに特殊なもので、警察に通報するべきかどうか分からなくて……」

特殊なもの？　意味が分からず、僕は視線で先を促す。美由紀は軽く唇を舐《な》めたあと、ためらいがちに言葉を続けた。

「血液です。輸血用の濃厚赤血球液。それが盗まれたんです」

「はぁ？　血液？」僕は眉間《みけん》にしわを寄せる。

「ナースステーションにあった濃厚赤血球液のパックが、いつの間にかなくなっていたんです。それで病院のスタッフの中で、誰かが輸血用の血を飲んだんじゃないかって噂になっていて……」

「な、すごいだろ。吸血鬼が出たかもしれないんだ」

鷹央がカブトムシを見つけた小学生のようにはしゃぎだす。

「いや、吸血鬼って、そんな馬鹿《ばか》な。それって、間違って破棄しちゃったとかそんなところでしょ？」

善意の献血によりまかなわれている血液製剤を紛失するというのは問題だが、普通に考えれば過失によるものだろう。誰かがそれを飲んだかもしれないなんて馬鹿げている。

「それが……あとで見つかったんです。病室の中から」

美由紀はどこか申しわけなさそうに言う。

「見つかったって、輸血パックがですか？　なら一件落着じゃないですか」

「いえ、見つかったのはパックだけでした。中に入っていた血液がなくなっていたんです！　パックには歯であけたようなぎざぎざの穴が空いていて、病棟の廊下に血の跡が残っていました。まるで、誰かが血をこぼしながら廊下を歩いて行ったみたいに」

暗い廊下に点々と血の跡が続いている光景を想像してしまい、背筋に冷たい震えが走る。

「いや、だからって、一回だけならなにかの事故とかいたずらってことも……」

自分の頭に湧《わ》いたイメージをかき消しながら、僕は早口で言う。

「一回じゃありません！　もう三回も起こっているんです」

「……三回？」

「そうです。夜中に輸血パックが三回も盗まれたんです。そして三回とも、同じように端が破られて、中身がなくなった状態で捨てられていました。そんな悪趣味ないたずら、誰がするっていうんですか？」

たしかにそれは、あまりにも異常だ。そもそも、貴重な血液製剤を故意に破棄するなど、たとえいたずらだとしても度が過ぎている。

「な、すごいだろ。吸血鬼の仕業かもしれないだろ。ということで明日の昼、その病院に調査に行くぞ。付き合えよ」

「え、嫌ですよ。第一、調査っていってもその病院に許可をとらないとできないでしょ」

明日は勤務日ではない。午前中に回診して、入院患者の様子だけ見たら、午後はのんびりと過ごすつもりだった。

「あ、大丈夫です。うちの病院の院長先生には、許可をとっていますから」

「は？」あっさりと言い放った美由紀の言葉を聞いて、僕は間の抜けた声を出す。

「いえ、院長先生も今回のことで困っていまして。私が鷹央先生のことをお伝えしたら、『そんな先生がいるならぜひ調べてもらえ』っておっしゃいました」

「よし、それじゃあ明日の昼過ぎに小鳥の車で行くから、待っていてくれ」

鷹央は僕の了解を得ることもなく、楽しそうに言った。

2

「……ということで、吸血鬼の伝承はバルカン半島のスラブ人が生活している地区に多いが、その他のヨーロッパ全土にも広がっているんだ。現代では一般的に吸血鬼は不老不死とされているが、そのような特徴が言われるようになったのはヴィクトリア朝時代からだ。それ以前は……」

助手席で鷹央が延々と『吸血鬼』についての知識を垂れ流すのを聞きながら、ハンドルを握る僕は大きなため息をついた。久保美由紀がおかしな相談を持ち込んだ次の日、僕は鷹央とともに、愛車のRX‐8で美由紀の勤める病院へと向かっていた。

もちろん、吸血鬼なんて馬鹿馬鹿しいことで貴重な休日を潰《つぶ》したくはなかったのだが、鷹央一人で他の病院などに行かせたりすれば、トラブルを起こすのは目に見えていたので、渋々運転手兼お守りを務めていた。もちろん、時間外手当もなしに。

「……ちゃんと聞いているか？」

助手席からかけられた剣呑な声で我に返る。どうやら右から左へと聞き流していたことに気づかれたらしい。病院を出てから二十分近く、興味のない『吸血鬼』についての知識をひたすら浴びせられていたのだ。まじめに聞いていられない。

僕は視線をカーナビに落とす。タイミング良く、目的地である倉田病院という療養型病院まであと二百メートルほどのところまできていた。

「もちろん聞いていましたよ。それより先生、もうすぐ着きますよ」

「おお、そうか。楽しみだな」

とたんに鷹央は機嫌良く言う。この四ヶ月で、僕もこの人の扱いに慣れたものだ。

僕はRX-8を病院前にある駐車スペースに停めると、フロントグラス越しに倉田病院を眺める。三階建てのかなり年季の入った建物だった。この規模だと、病床は多くても五十床といったところだろうか。

シートベルトを外した鷹央は、助手席から後部座席に身を乗り出し、そこに置かれたリュックサックを手にとった。

「そのリュック、なにが入っているんですか？」

病院を出るときに、鷹央が持ってきた物だった。鷹央は得意げにほほ笑むと、見せつけるようにゆっくりとファスナーを開いていく。開いた隙間《すきま》から覗《のぞ》いたものを見て、僕は眉根を寄せる。

「……フォークとナイフ？　なんで食器なんか？」

「ただの食器じゃない。純銀製のフォークとナイフだ。用意するの結構大変だったんだぞ」

鷹央は銀色に光るフォークを手にとると、僕の顔の前に掲げた。

「あの、なんでそんなものを……？」

「なに言ってるんだ、吸血鬼が出るかもしれないんだぞ。もし襲われたときのために、色々用意するのは当たり前だろ。本当は銀の弾丸を用意したかったんだけど、さすがに手に入らなかった」

「……手に入れたら、銃刀法違反で捕まりますよ」

僕は軽い頭痛をおぼえながら言う。

本気で吸血鬼なんていると思っているんですか？　などとはもう訊《き》いたりしない。四ヶ月を越える付き合いで、この変人上司のことはある程度理解している。鷹央は今回の事件が、吸血鬼によるものだと思い込んでいるわけではない。どれほどあり得なさそうな可能性でも、自分自身で調べて確証を得るまで否定しないというポリシーなのだ。まあ、心の底で「吸血鬼が本当にいたら面白いな」とか思ってはいそうだが。

「もちろん、銀製の武器だけじゃないぞ。大量のニンニクと十字架のペンダントももってきた。近くの教会に聖水が手に入らないかも問い合わせてみたんだぞ。それはだめだったけどな」

鷹央はリュックから二つのペンダントをとりだし、そのうちの一つを首にかけると、残りの一つを僕に差し出してくる。

「あの、これは……」

「お前もつけておけ。吸血鬼に襲われたら大変だろ」

「一階が外来スペースで、二階がナースステーションと病室になっています」

地味な薄茶色で統一したブラウスとロングスカート姿の美由紀に案内され、僕と鷹央は倉田病院の階段をのぼっていく。私服を着ているということは、今日は美由紀は勤務外なのだろう。

病院の正面玄関で迎えてくれた美由紀は、おそろいのペンダントを首からぶら下げている僕たちを見て一瞬沈黙したあと、「仲がよろしいんですね。職場恋愛っていいですよね」とおかしな勘違いをしてきて、誤解を解くのに一苦労だった。

「こちらがナースステーションです」

階段を上がってすぐのところで美由紀が言う。ナースステーションの中には三人の中年の看護師が、点滴の準備や看護記録の記載などをしていた。前もって僕たちが来ることは伝えられていたのか、看護師たちのこちらを見る目に不審の色はなかったが、軽く会釈をしてすぐに視線を外した彼女たちの態度からは、歓迎する雰囲気も感じられなかった。

「ここから奥が病室になります。全部四人部屋です」

美由紀は奥に二十メートルほど伸びる廊下を手で示した。廊下の左右に計六部屋の病室の入り口が並んでいた。

「そのあたりの病室で、空の輸血パックが見つかったのか？」

廊下を見渡しながら鷹央が訊《たず》ねる。

「いえ、血液パックが見つかったのは三階です。この上の階も病棟になっていて、四部屋病室があります」

「なるほどな。三階の病室に行くのには、この階段を使うのか？」

鷹央は廊下を少し進んだ場所、病室の手前にあるのぼり階段を見ながら訊ねる。

「はい、この階段からでも上がれますし、廊下の奥にも階段があります。どちらからでもいけますよ」

美由紀の説明にうなずくと、鷹央はてくてくと廊下を進んでいく。僕と美由紀もその後を追って歩きだした。

一番手前の入り口に近づいたあたりで異臭を感じ、僕は反射的に鼻に右手を当てる。なんの匂いかはすぐに分かった。糞尿臭と消毒薬の匂いが混じり合ったもの。しかし、廊下までこんな匂いが漂ってくるとは。

「すみません、この病院換気が悪いもので。どうしても変な匂いがこもってしまって」

「はぁ……」

謝ってくる美由紀に、僕は曖昧《あいまい》にうなずく。換気が悪いとしても、すぐに気づくほどの悪臭が漂っているのは、病院としてどうなんだろうか。眉間にしわが寄るが、そのしわは病室をのぞき込んでさらに深くなった。

十畳ほどの広さの病室には四床のベッドが置かれていて、それぞれのベッドの上にはやせ細った男性の老人が横たわっていた。そのうちの二人のそばには、クリーム色の液体が入った容器が点滴棒にぶら下げられ、容器の下から垂れた管が布団《ふとん》の中へと伸びている。胃ろうからの経管栄養を行っているのだろう。そして残りの二人の首筋には、大きな点滴バックから垂れ下がった点滴ラインが伸びていた。上大静脈に直接栄養を注ぐ、中心静脈栄養を行っているようだ。

四人が四人とも、肘《ひじ》や膝《ひざ》関節が深い角度で曲がっていた。完全に拘縮を起こしている。右奥のベッドでは、介護職員らしき女性がベッド周りのカーテンをひくこともせず、患者のおむつを代えている。その手際《てぎわ》はたしかに良かったが、まったく患者に声をかけることもしないで機械的におむつを交換するその姿は、流れ作業を行っている工場の作業員のように見えた。

「この病院……いつもこんな感じなんです。療養型病棟のもので……」

美由紀が険しい表情でつぶやく。たしかに長期間の入院が必要な患者を受け入れる療養型病床には、脳梗塞《こうそく》後遺症や廃用症候群などで寝たきりの患者も多い。しかし、普通はリハビリにより機能の回復に努めたり、それが難しくても関節の拘縮を防いで、患者に苦痛を与えないようにするものだ。

「かなり患者を雑に扱っているな。家族からクレームがきたりしないのか？」

鷹央も僕と同じ感想を持ったらしく、低いが形の良い鼻の付け根にしわを寄せていた。

「ここに入院している患者さんは、ほとんどが身寄りがなくて生活保護を受けている方たちなんです。院長がそういう患者さんを中心に受け入れていて……」

美由紀はうつむくと、蚊の鳴くような声で言う。

なるほどね。美由紀の説明を聞いて僕は納得する。身寄りがなければどんな扱いをしていても家族が文句を言うこともないし、生活保護受給者なら医療費は国から支給されるので取りはぐれることもない。ある意味、うまく練り上げられたビジネスモデルなのかもしれない。もちろん、患者のことを考えなければだが。

「ほとんどの入院患者は寝たきりなのか？」

「いえ、二階の患者さんは全員寝たきりですけど、三階の患者さんは自分で歩ける方も多いです」

「そうか。……それじゃあ、輸血パックが見つかったっていう三階を見てみるか」

鷹央は早足で廊下を進み、突き当たりの階段をのぼりはじめる。

鷹央に続いて階段をのぼると、鷹央はすでに階段わきにある病室をのぞき込んでいた。

三階は二階よりも少し短い廊下が伸び、美由紀の説明にあったとおり、左右に計四室病室があった。

「それで、どのあたりにパックは落ちていたんだ」鷹央が振り返って訊ねる。

「えっとですね。最初に盗まれたときは、廊下の真ん中あたりから血の跡があって、右奥の部屋まで続いていました。そして部屋の中にパックが落ちていました」

「……そこの部屋だな」

鷹央は再び僕たちを置いて歩き出すと、輸血パックが落ちていたという奥の部屋へと入っていく。

「良子ちゃん！　良子ちゃん、どこ行ってたの？　危ないから外行ったらだめでしょ」

「うわっ、なんだよ⁉」

とたんに病室から大きな女性の声が、それに続いて明らかに動揺した鷹央の声が響いた。僕の隣に立っていた美由紀は「ああ、また」とつぶやくと、小走りに病室に向かって走っていった。僕もあわててそのあとを追う。

部屋の前まで来ると、中で鷹央が高齢の女性に頭をぐりぐりと撫《な》でられていた。鷹央はなんとか女性の手をつかもうとするのだが、うまくかわされている。もともと軽くパーマがかかっている鷹央の長い黒髪がさらに乱れていく。

「田中さん。その人はお孫さんじゃありませんよ」

美由紀が女性の肩を叩く。女性はようやく鷹央の頭を撫でていた手を止め、白髪を揺らして振り返ると、美由紀に向かって満面の笑みを浮かべた。

「あら、夕子。あなたも来ていたの。最近、全然顔見せないじゃない。もっと良子ちゃんと一緒に遊びに来てよね」

「ごめんね、お母さん。そうだ、喉渇かない？　お母さんの好きなヤクルトがあるわよ」

美由紀はベッド脇《わき》の床頭台の棚から、ヤクルトの小さなポリスチレン容器をとりだし、蓋《ふた》を開けて女性に手渡した。

「ああ、ありがとうね」

ヤクルトを受け取った女性は、幸せそうに舐めるように中身を飲みはじめる。

「あの、このかたは……？」僕は小声で美由紀に訊ねる。

「この部屋に入院している田中マツさんです。もう九十歳近いんですけど、認知症がすすんでいて、私のことを娘だと思っているんです。あと、小さい子を見ると良子さんっていうお孫さんだと思い込んでしまって……。昔、娘さん一家を交通事故で亡《な》くされたらしいんです」

「私は『小さい子』じゃない！　れっきとした大人だ！」

鷹央は目を剝《む》いて抗議をする。

「まあまあ、先生。年齢のことじゃなくて小柄っていうことですよ。先生はどこからどう見ても立派な大人の女性ですって」

僕は笑いをかみ殺しながら鷹央をなだめる。

「小鳥……お前、なんか笑っていないか？」

「いえいえ、とんでもない。けれど美由紀さん。この病院は認知症だけの患者さんも入院しているんですか」

鷹央の鋭い視線を浴びた僕は、慌《あわ》てて話題をそらす。療養型病棟はあくまで長期間の医療行為が必要な患者が入院するものだ。もし認知症だけなら、老人保健施設の方が適しているはずだ。

「いえ、田中さん元気そうに見えますけど、肝硬変を患《わずら》っていらっしゃるんです。あと、慢性的な貧血もあって、定期的に輸血もしています」

言われて見れば、マツの肌は少々黄ばんで見える気もする。肝機能がかなり悪化していて、すでに軽い黄疸《おうだん》が出ているのかもしれない。

「輸血ねぇ。この病院はどれくらいの頻度で輸血をしているんだ？」

マツにぐしゃぐしゃにされた髪を手でとかしながら、鷹央が訊ねる。

「ご高齢の方がかなり入院していますから、骨髄の機能不全とかで貧血になっている人も多いんです。ただ、緊急で輸血が必要な状態ではないので、週に一回、必要な分をまとめて日赤に頼んで、輸血するようにしています。一回で二、三人ってところですね」

美由紀の説明を聞いた鷹央は「ふーん」とつぶやくと、病室の入り口から廊下をのぞき込む。

「三回とも輸血パックはこの病室に捨てられていたのか？」

「あ、いえ。一回は病室の前の廊下で、もう一回はそこの階段のわきに捨てられていました」

美由紀は病室を出てすぐのところにある階段を指さす。鷹央は入り口から身を乗り出し、階段をながめた。

「その階段をおりると、ナースステーションのすぐ前に出るんだな？」

「ええ、そうです」

鷹央は腕を組んで十数秒考え込むと、上目づかいに美由紀と満足げにヤクルトを飲み終えたマツを見る。

「とりあえず、院内の見学はこれくらいでいい。次は盗まれた輸血パックの伝票とか、入院カルテを見せてくれ。ああ、あと盗まれたときに勤務していたナースがいたら、そいつの話も聞きたいな」

美由紀はマツから空になったヤクルトの容器を受け取りながらうなずいた。

「……というわけで、私が少し目を離した隙になくなっていて、三階の病室に空になった輸血パックが……って聞いてます？」

輸血パックを見つけた時の状況を説明していた、太っ……豊満な体格をした中年看護師が苛立たしげに言う。看護師の前では、椅子《いす》に座って両足をテーブルの上にのせた鷹央が、ぱらぱらと伝票をめくっていた。自分から「話を聞かせろ」と言っておいてこの態度なのだから、看護師が苛つくのも当然だ。

「もちろん聞いているぞ。深夜、朝一番に輸血するために輸血パックを常温にもどそうと、その点滴台の上に置いてナースステーションを離れていたら、その間になくなっていた。そして、歯形みたいな跡がついた空の輸血パックが三階で見つかった。そうだろ？」

鷹央は伝票から視線を外さずに言う。

「え、ええ。そうですけど……」

看護師は不満そうに厚い唇を尖《とが》らせた。

「盗まれたのが点滴台からか、冷蔵庫からかっていう小さな違いはあっても、三回とも夜中にナースステーションが無人になった隙に盗まれて、中身が抜かれて三階で見つかる。それに違いはないわけだな。そんなことがくり返されるうちに、いつの間にか『吸血鬼』っていう話が出てきたと……」

鷹央は独り言のようにぶつぶつとつぶやきながら、手にしていた伝票を置き、デスクの上に積まれているカルテの一冊に手を伸ばす。その様子を見て、看護師は不満そうな表情のまま鷹央から離れていった。

「なんだよ、この字は？　全然読めないじゃないか」

カルテを開くなり、鷹央は甲高い声を上げた。僕は肩越しにカルテを覗き込む。そこにはミミズが苦痛にのたうち回っているかのような、いびつな曲線が書かれていた。それはもはや読める読めないの問題ではなく、文字かどうかすらもあやしかった。

「カルテはもっときれいに書けよな……」

「先生もけっこう悪筆ですけどね」

口の中でぶつぶつと文句を転がしている鷹央に思わず茶々を入れてしまい、僕は殺気のこもった視線を浴びる。

「すみません。うちの院長、本当に字が汚くて」

そばにいた美由紀が謝ってくる。カルテのうしろの方にある検査データを眺めはじめた鷹央は、鼻を鳴らしながらぼそりとつぶやいた。

「……A型だな」

「はい？」美由紀はいぶかしげに聞き返す。

「だからA型だよ。これまでの三回、盗まれた濃厚赤血球液の血液型は全部A型なんだ」

「え？　あ、たしかに言われてみればそうかもしれません」美由紀は首をすくめる。

盗まれた血液が全部A型だった？　それは偶然なのだろうか？　眉《まゆ》をひそめる僕を尻《しり》目《め》に、鷹央は質問を重ねていく。

「それで、盗まれた赤血球液を輸血されるはずだった患者はどうしたんだ？　あらためて輸血したのか？」

「いえ、院長先生がそれほど輸血を急がないといけない状態じゃないから、とりあえず保留にしようってことで……」

「二回目に盗まれたときは、三パックA型赤血球液があって、そのうち一パックだけが盗まれているな。輸血される予定の三人のうち、一人だけ輸血が受けられなかったはずだ。その一人はどうやって決めたんだ？」

「それは院長先生のご判断で……」

言葉を濁す美由紀の説明をつまらなそうに聞きながら、鷹央はいくつかのカルテにぱらぱらと目を通していく。

「ちなみに、その輸血できなかった患者って誰だ?」

「えっとですね。たしか三回のうち二回は、さっき見た田中マツさんで、もう一回は、田中さんの同室の鎌谷秀子《かまたにひでこ》さんです。鎌谷さんは八十六歳の胃癌《いがん》の患者さんで、腫瘍《しゅよう》からの出血で貧血になりがちなんです。ただ、まだ末期ってほどでもなくて、体力もあるんで、時々院内を徘徊《はいかい》して問題になっています。鎌谷さんも認知症がすすんでいて」

「なるほどな……」

鷹央はカルテの山の中から、背表紙に『田中マツ』と『鎌谷秀子』と記されたカルテを取りだし、少し姿勢を前のめりにして読み出す。

「ああ、あの田中マツはうちの病院から転院してきたのか……、それで、お前たちはこの二人のうち、どっちかが『吸血鬼』だと思っているんだな?」

『田中マツ』のカルテにはさまれている検査データを読みながら、鷹央は何気なく言った。わずかに開いた美由紀の口から、「え……?」という声がもれる。

「違うのか? 盗まれた輸血パックは田中マツと鎌谷秀子が入院している病室かその近くに捨ててあった。病室からナースステーションは階段を下りてすぐだ。そして盗まれた血液は、もともと二人に輸血されるものだった。しかも、二人とも認知症がすすんでいて、おかしな行動をとる可能性がある。ここまで状況が揃《そろ》えば、その二人のどちらかがこの騒動に関係していると思う奴《やつ》も出てくるんじゃないか？」

　鷹央はカルテから目を離すと、首をぐるりと回し、斜め後ろにいる美由紀の目を真っ直《す》ぐにのぞき込む。その視線に圧倒されたのか、美由紀は目を伏せた。

「たしかに、ナースの中でそんな噂も立っています。……田中さんか鎌谷さんが輸血パックを盗んで、それを飲んだんじゃないかって」

「そんな馬鹿な！」

　あまりにも馬鹿げた話に、僕の口から言葉がもれる。美由紀は僕に向かって険しい視線を送ってきた。

「もちろん馬鹿げた話だって分かっています。けれど、この病院の雰囲気を見て下さい。昼だってこんなに気味が悪いんです。一回ここで夜勤をすれば分かりますよ。そういうおかしな噂を信じてしまいそうになる気持ちが」

　美由紀の声はそれほど大きくはなかったが、口をつぐませるだけの迫力を内包していた。周囲に重い沈黙が充満していく。

「……ところで、次はいつ輸血をする予定なんだ」

　致命的に空気を読むことが苦手な鷹央が、気軽にその沈黙をやぶった。

「……明後日《あさって》の朝です。明日の夕方に四人分の輸血が届くことになっています」

美由紀は小さく息を吐くと、鷹央に向かって言う。

「その中に、田中マツと鎌谷秀子の輸血は？」

「鎌谷さんのものが含まれています」

「そうか」そう言った鷹央は、天井を見つめるとぼそりとつぶやいた。「……トイレ」

「はい？」美由紀は目をしばたたかせた。

「だから、トイレだよ。どこにあるんだ？　漏れそうなんだ」

「あ、はい。えっとですね。職員用のものは奥の階段をおりて右手にあります」

美由紀が言い終えないうちに、鷹央は立ち上がると、小走りにナースステーションから出て行った。どうやら本当に漏れそうだったらしい。普段はうるさいぐらいに『レディ』として扱え」とか言っているくせに、これでは『レディ』どころか小学低学年の男児ではないか。

廊下へと消えていった鷹央の背中を呆然《ぼうぜん》と見送った僕と美由紀は、どちらからともなく顔を見合わせると、お互いに苦笑する。重かった空気はいつの間にか一掃されていた。

「すみません。せっかく来てくださったのに、不快な思いをさせてしまって」

「そんなことありません。僕の方こそ馬鹿なんて言ってすみません」

「いえ、たしかに馬鹿げているんです。ナースの中には、田中さんか鎌谷さんがなにかに取り憑《つ》かれておかしくなったなんて言いだす人までいて……。この病院、身寄りのない患者さんが誰にも看取《みと》られずに逝《い》くことが多いから、今回だけじゃなく、これまでも色々怪談じみた話があったりしたんです。まあ、ほとんどは冗談みたいな話ばっかりですけどね」

美由紀はため息まじりに言う。そんな美由紀の態度を見て違和感をおぼえた僕は、ためらいながらも口を開いた。

「あの、失礼ですけど、美由紀さんはなんでこの病院に勤めているんですか？　話を聞いていると、あまり、なんというか……この病院にいい印象を持っていないというか……」

僕の質問に、美由紀はどこか哀《かな》しげにほほ笑んだ。

「知人の紹介でここに勤務しはじめたんです。身寄りのない高齢者を積極的に受け入れて、治療をしている病院だって聞いて、いい病院なんだろうなって思って。ほら、身寄りがなくて生活保護を受けているような患者さんって、急性期の治療が終わったあと、なかなか受け入れ先が決まらないじゃないですか。そんな人たちを善意で受け入れているかと思ったんです。ものは言いようですよね。実体は院長がそういう患者さんを集めて、金儲《もう》けしているだけでした。よく調べもせずに就職決めちゃって」

美由紀の笑みが自虐《じぎゃく》的なものになっていく。僕はなんとも答えることができなかった。

たしかにこの病院の医療体制は、決して褒められるようなものではない。しかし、この病院のように身寄りがなく、長期入院を必要とする患者を受け入れる施設も現実には必要なのだ。もちろん、もっと患者に対して誠実であるべきだが。

「私、来月でこの病院退職して、実家の新潟に帰って新しい病院で勤務する予定なんです」

美由紀がそう言うと同時に、背後から「いやあ、どうもどうも」という野太い声が響いた。振り返ると、白衣に身を包んだ大柄な初老の男が、大股《おおまた》でナースステーションに入ってきていた。

「あなたが久保君が言っていた、どんな事件も解決してくれるっていう先生ですか。院長の倉田です。どうか一つよろしくお願いしますよ」

そう名乗った男は、強引に僕の右手をつかむと、ぶんぶんと上下に振った。

「それは私だ。そいつは単なる金魚のフンだ」

き、金魚のフン⁉

倉田の勘違いを正そうと口を開きかけていた僕は、その大きな体のうしろから上がった声に顔をひきつらせる。いつの間にか倉田のうしろに、鷹央が両手を腰に当てて立っていた。

振り返った倉田は鷹央を見て、太い眉をあげる。童顔の鷹央と、「どんな事件も解決してくれる先生」が、頭の中でうまく繫《つな》がらないのだろう。

「はあ？　あんたが？」倉田の口調が乱暴なものになる。

「そうだ。私が天医会《てんいかい》総合病院統括診断部部長の天久鷹央だ。ちなみに病院の副院長もやっている」

「あ、ああ。そうなんですか。それは光栄です」

慇懃《いんぎん》な態度をとりもどした倉田は、白衣のすそで手のひらを拭《ふ》くと、鷹央に右手を差し出す。しかし、鷹央はその手が見えていないかのように微動だにせず、倉田に鋭い視線を浴びせ続けた。倉田はばつが悪そうに手を引っ込める。

「いやぁ。天医会さんには、かなり患者さんを送ってきてもらっているんですよ。本当に助かっています。これからもどうぞよろしく」

倉田がいまにも揉《も》み手をしそうなほど腰を低くして言うのを見ながら、鷹央はつまらなそうに鼻を鳴らした。

この手の療養型病院は、総合病院などから急性期の治療を終えた患者を受け入れている。そして、このあたりでもっとも大きな総合病院は、天医会総合病院だ。この病院にとって天医会総合病院は大切なお得意先なのだろう。

「本当にこの度《たび》はすみません。ただでさえ天医会さんにはお世話になっているのに、このわけの分からない事件まで調べてくださるそうで。正直困っているんですよ、吸血鬼なんてへんな噂がたって。この噂が外に広がったら、外来患者が減っちまうかもしれませんからね。まったく、誰がこんないたずらしたんだか」

「なんだ、いたずらだと思っているのか？」

鷹央は唇の片端をつり上げた。

「そりゃあいたずらでしょう。どうして血液なんて盗むっていうんです。きっと、近所のガキが肝試しのつもりで盗み出したんですよ。そうじゃなきゃ、なんだって言うんです？」

「さあな。もしかしたら本当に吸血鬼がいるんじゃないか。こんな古臭くて気味の悪い病院なら、いかにもなにか出そうじゃないか」

挑発するかのように鷹央は言う。自らの病院を「古臭くて気味の悪い」と評され、倉田の表情がこわばった。

二人のやり取りを見て、僕は軽く首をかしげる。場の空気を読むことが苦手な鷹央は、よく無神経な言動で相手の機嫌を損ねることがあるが、いまの鷹央は明らかに倉田に嫌《けん》悪感《おかん》を持っているように見えた。

「まあ、たしかにそれほど新しくない病院ですが……」

「院長先生、院長先生」

倉田がなにか反論しかけたところで、さっき鷹央に話をした中年の看護師が、どすどすと重い足音をたてながらナースステーションに入ってきた。セリフを遮られた倉田は、

「なんだよ！」と看護師に怒鳴りつけるように言う。

「あの、すみません。明日の夜に当直の予定だった佐藤先生が、身内に不幸があったとかで急に当直できなくなったって連絡してきて……」

「ああ、代わりの医者が当直やるっていうんだろ。どうでもいいだろ、そんなこと」

「いえ、それが……代わりの医者が見つからないんで、こっちで探してくれって言うんです」

「ああ？」倉田は脅しつけるような声を出す。「当直来れなきゃ、代わりの医者探すのは当たり前だろ。俺は当直できないぞ。明日、飲み会の予定があって……」

「私がやってやろうか？」

ヒステリックに大声を上げていた倉田は、「え？」と呆《ほう》けた声を上げて鷹央を見た。

「色々調べたいこともあるしな。明日の夕方に、明後日輸血に使う予定の輸血パックが搬送されてくるんだろ。ちょうどいいじゃないか、私とそこの小鳥で当直して、『吸血鬼』の正体を見つけてやるよ」

鷹央はつまらなそうに言うと、横目で僕に視線を向けてきた。

え……。僕も付き合わないといけないわけ？

3

「なんで僕まで付き合わされているんですか？」

尻《しり》をずらすたびに軋《きし》みを上げる椅子に腰掛けながら、僕はため息まじりにつぶやく。

はじめて倉田病院を訪れた日の翌日の二十二時過ぎ、僕は鷹央と共に倉田病院の一階にある当直室にいた。安っぽいシングルベッドと人工皮革がところどころ破けたソファー、そして年季の入ったデスクが置かれた空間。嗅覚《きゅうかく》に意識を集中させると、かすかにカビの匂《にお》いがする。

「さっきからぐだぐだうるさいな。しかたがないだろ。患者が急変とかしたら誰が対処するんだよ」

天医会総合病院から持ってきた若草色の手術着姿でベッドに横になり、文庫本を読んでいた鷹央が、舌打ちまじりに言う。鷹央は恐ろしいまでの診断能力を持っている反面、とてつもなく不器用で、医療手技に関してはからっきしだ。採血一つまともにはできない。たしかに一人で当直するのは無理だろう。けれどそれなら、最初から当直なんて引き受けなければいいのに。

「なんであんなタイミングで当直キャンセルの連絡が来るんだよ。本当についてないな」

僕は背もたれに体重をのせながら、口の中で小さく愚痴を転がす。その瞬間、鷹央がぐるりと九十度首を回して僕を凝視してきた。どうやら、いまの愚痴が聞こえたらしい。

相変わらず地獄耳だこと。

「お前、もしかしてあれが偶然だと思っていたのか？」

「はい？」

「だから、あんな絶妙のタイミングで、当直できないって連絡が入ったことだよ」

「偶然じゃないっていうんですか？」

「当たり前だろ。ナースステーションに貼ってある当直表に、今日の当直医の名前と所属が書いてあったんだよ。『帝都大第一内科　佐藤』ってな」

「あ、それじゃあトイレに行った時に……」

からくりに気づき、僕は思わず声を上げる。小さな病院はよく、大学病院の医局に医者を派遣してもらうことで、当直や外来などをやりくりしている。そして倉田病院が派遣を受けている日本の最高学府、帝都大の医学部は、鷹央の母校でもあった。

「そうだよ。私がツテを使って、今日当直する予定だった医者にキャンセルするように頼んだんだ。まったく、それくらいすぐに気づけよな」

鷹央は再び舌打ちを響かせた。

僕は首をすくめると、読書を再開した鷹央を上目づかいにうかがう。

……機嫌悪いな。普段から口の悪い鷹央だが、今日はいつにもまして言動が攻撃的だ。なぜか昨日からやけに苛《いら》ついているように見える。深夜の病院で『吸血鬼』を捕まえる。

普段の鷹央ならキャンプに来た小学生のように浮かれるはずのシチュエーションだというのに、本当に訳の分からない人だ。

「……そろそろ行くか」

鷹央はつぶやくと、のそのそとベッドからおり、ベッド柵《さく》に掛けておいた白衣を羽織る。

「行くって、どこにですか？」

「『吸血鬼』を捕まえるに決まっているだろ。お前、なにしにここに来たんだよ」

「なにしにって、先生に強引に連れてこられ……」

「ああ？」

鷹央は脅しつけるようにすごんでくる。本当に機嫌悪いな。

「お前さ、あの二人のカルテ見たんだよな。田中マツと鎌谷秀子のものだ」

「え？　ああ、昨日帰る前にとりあえず目は通しましたよ。まあ、診療内容は字が汚すぎて読めないんで、検査データぐらいですけど」

「それでもなにも気づかなかったのか？」

「気づく、ですか。え？　なにに？」

「……もういい」

鷹央は大きなため息をつくと、ドアを開け当直室から出て行く。

本当にいったいなんなんだ。僕は首をかしげながら鷹央のあとを追った。

「あ、お疲れ様です」

一階にある当直室を出て二階へと上がると、ナースステーションの中から美由紀が声を掛けてきた。彼女も今日は夜勤らしい。美由紀の奥で点滴をつくっている痩《や》せた中年看護師が、僕と鷹央に露骨な好奇の視線を向けてきていることに気づき、僕は顔をしかめた。

だから嫌だったんだ。男女が同じ部屋で当直するなんて言ったら、おかしな誤解をされて当然だ。鷹央は「べつに私はお前なんかと付き合っていないんだから、他人がどう思おうが気にする必要はないだろ」などと言っていたが、僕は鷹央ほど浮き世離れしていない。

「まだ輸血パックはあるか？」

ナースステーションに入った鷹央が美由紀にたずねる。

「はい、冷蔵庫の中にあります」

「そうか」

鷹央はつかつかとナースステーションの奥へ進むと、薬剤用の冷蔵庫を開けて中身をのぞき込む。僕も鷹央の肩越しにその中を見た。冷蔵庫には輸血パックが四つ、きれいに並べて置かれていた。

「ちなみに、今日はこのうちいくつがA型だ？」

「二つです。あの、先生は今日も血液が盗まれると思っているんですか？」

美由紀が不安そうに訊ねる。美由紀の後ろで聞き耳をたてている中年の看護師も、遠目に緊張しているのが見てとれた。鷹央はもったいをつけるようにナースステーションの中を見回すと、声を潜めて言う。

「ああ、たぶん今夜も盗みにくるはずだ」

鷹央の平板な口調が、やけにおどろおどろしく聞こえた。僕はナースステーションの入り口から廊下を眺める。保安灯の薄い光に照らされた暗い廊下は、昼に見たときよりもはるかに不気味に見えた。たしかにこんな気味悪い病院なら、オカルトめいた噂《うわさ》が出るのもしかたがないのかもしれない。

「あの、天久先生。昨日とった田中さんと鎌谷さんの血液の検査結果って出たんですか？　なにか分かりましたか？」

美由紀が訊ねてくる。昨日、この倉田病院から帰る前、鷹央は僕に命令して、田中マツと鎌谷秀子の血液を採取していた。

「ん？　ああ、色々分かったぞ」

冷蔵庫を閉めた鷹央は含みをもたせた口調で言うと、僕に視線を送ってくる。

「おい、小鳥」

「はい、なんですか？」

「私は当直室で休んでいるから、お前はここで一晩中輸血パックを見張ってろ」

「はあ？」

「同じ部屋で寝なければ、変な勘違いされる心配もないだろ。お前の希望どおりじゃないか。居眠りしないでちゃんと見張っていろよ。吸血鬼がコウモリになって盗みにくるかもしれないからな」

鷹央はそう言い残すと、さっさとナースステーションから出て行ってしまう。僕はその背中を呆然と見送ることしかできなかった。

「あの、なんて言うか……、お疲れ様です」

美由紀から労《ねぎら》いの言葉をかけられた僕は、力なく肩を落とすのだった。


眠い……。冷蔵庫の前に置いたパイプ椅子に腰掛けながら、僕は船を漕《こ》ぐ。横目で壁にかけられた時計を見ると、ちょうど日付けがかわった頃だった。普段ならまだ眠くなるような時間ではないのだが、ただ冷蔵庫を見張り続けるという苦行のような任務に、精神の限界が近づきつつあった。

「あの、よろしければコーヒーをどうぞ。インスタントですけど」

いまにも睡魔に白旗をあげそうになった瞬間、声がかけられる。振り返ると、湯気がのぼるマグカップを持った美由紀が背後に立っていた。芳醇《ほうじゅん》な香りが鼻腔《びこう》をかすめる。

「あ、どうも」

カップを受け取った僕は中身をすする。安っぽい苦みが口の中に広がり、眠気をいくらか希釈してくれた。

「すみません、こんなことに巻き込んでしまって」

僕を見下ろしながら、美由紀は軽く頭を下げる。

「いいえ、気にしないで下さい。べつに久保さんのせいじゃないですから」

そう、僕を巻き込んだのは、いまごろ当直室で寝息を立てているわがまま上司だ。

「まさか、天久先生がここまでしてくれるとは思っていませんでした。ちょっと見てもらって、なにかアドバイスでもいただければと思っていたんです。天久先生にも小鳥遊先生にも本当にお手数おかけしてしまって……」

美由紀は申しわけなさそうにうつむく。美由紀はその程度のことを望んでいたのかもしれないが、そもそも鷹央がそんな中途半端《はんぱ》なことをするわけはないのだ。一度〝謎《なぞ》〟に食らいついた鷹央は、その全容を解明するまでスッポンのように噛《か》みつき続け、決して放すことはない。

「気にしなくていいんですよ。鷹央先生にとってこういう事件に頭を突っ込むのは、レクリエーションみたいなものですから」

そう、鷹央にとって謎解きは最高の趣味だ。特にこんな『吸血鬼』なんてわけの分からない事件なら、喜び勇んで解決しようとするはずだ。しかし、今回は積極的に頭を突っ込んでいるものの、なぜかやけに機嫌が悪い。なにかあったのだろうか？

数秒思考を巡らせたあと、僕は考えることをやめる。もともと気分屋の鷹央のことだ。不機嫌になっている理由など、考えるだけ時間の無駄だろう。

もう一口コーヒーをすすろうとした瞬間、けたたましい電子音がナースステーションに響きわたった。僕は反射的に立ち上がる。カップからコーヒーのしずくがこぼれた。

「なんですか、これは？」

「か、火事！　火災警報です！」

壁に埋め込まれている警報板を見ながら、美由紀が声をうわずらせる。美由紀が警報板のボタンを押すと、鼓膜に打ちつけられていたアラーム音が消えた。

「一階です、一階の外来待合室です！」

そう叫ぶと同時に、美由紀はナースステーションから走り出る。

外来待合室？　外来待合室の奥には、当直室へと続く扉がある。そして、当直室には鷹央が……。僕は息を飲むと、あわてて美由紀のあとを追った。

美由紀と僕が階段を駆け下りると、真っ暗な外来待合室が広がっていた。次の瞬間、蛍光灯の光が待合室を照らした。まぶしさに目を細めながら、僕は辺りを見回す。奥にある火災警報装置の前に、痩せた中年の看護師が立っていた。

「山崎さん！」

美由紀が自分とともに夜勤に当たっている看護師の名を呼ぶ。

「ああ、美由紀ちゃん。明日使う点滴取りに外来に来てたんだけど、急に火災警報鳴ったからおどろいちゃった。けど、誤報だったみたいね。全然異常なし」

看護師の言葉を聞いて、僕と美由紀は安堵《あんど》の息を吐く。まったく人騒がせな。

僕が警報装置に近づいていくと、数メートル先にある当直室の扉が開き、鷹央が目をこすりながら顔を出した。

「なんだよ、騒がしいな。眠れないじゃないか。なにがあったんだよ？」

「あ、誤報だったみたいです。心配なさそうですよ」

僕が答えると、鷹央はネコを彷彿《ほうふつ》させる大きい目を、さらに大きく見開いた。

「小鳥、お前なんでここにいるんだ!?」

「え、なんでって……」

「ずっと輸血パックを見張ってろって言っただろ！」

そう言うや否《いな》や、鷹央は当直室から飛び出して待合室を走って行く。白衣に包まれた小さな背中が奥の階段に消えていくのを立ちつくして眺めた僕は、鷹央がどこに向かったか気づき、あわてて走り出した。

待合室を横切り、階段を駆け上がってナースステーションへと戻ると、鷹央が膝立ちになり、薬剤用の冷蔵庫をのぞき込んでいた。

「あの、……先生」

おずおずと鷹央に近づき、その肩越しに冷蔵庫の中を見た瞬間、後頭部をバットで殴られたような衝撃に襲われる。

冷蔵庫の中には、パックが三つしか残っていなかった。

遅れてナースステーションに入ってきた美由紀ともう一人の看護師も、冷蔵庫をのぞき込んで絶句する。

「なんで……、誰がこんなこと……」美由紀がかすれた声でつぶやく。

「誰が？『吸血鬼』に決まっているだろ」

鷹央は吐き捨てるように言うと、身をひるがえした。白衣のすそがはためく。

ナースステーションから出た鷹央は、すぐ近くにある階段をのぼりだした。僕と二人の看護師は一瞬顔を見合わすと、鷹央に続いて階段をのぼっていく。三階に着いた鷹央は一番手前の病室へと入っていった。そこは田中マツと鎌谷秀子が入院している部屋だった。

暗い病室に入った鷹央は、カーテンの引かれた一番手前のベッドの前で立ち止まると、視線を下げる。つられて床を見た僕は、背骨が凍りついたかのような戦慄《せんりつ》に襲われる。カーテンの隙間《すきま》から空の輸血パックがのぞいていた。その周りには血のしずくらしき染《し》みが見える。心臓の鼓動が加速していく。

カーテンに手をかけた鷹央は、迷うことなく横に引く。カーテンの奥に置かれたベッド、そこに老女が横たわっていた。田中マツ。昨日、鷹央を孫と間違えた患者。マツはのろのろと上体を起こすと、僕たちに向かって笑みを見せた。背後で小さく悲鳴が上がった。僕も金縛りにあったように動けなくなる。

廊下から差し込む保安灯の薄い光の中、田中マツの口元はてらてらと光って見えた。鮮やかな紅色に。

「……院長を呼べ」

口元を紅《あか》く染めたマツを眺めながら、鷹央は陰鬱《いんうつ》な声でつぶやいた。

「いったいなんなんだ！」

ナースステーションに入ってくるなり、院長の倉田は声を荒げる。飲み会から帰って、家で気持ちよく寝ていたところを叩《たた》き起こされたらしい。

「私が呼んだんだよ」

ナースステーションの奥で鷹央が声をあげる。そのそばには車椅子にのった田中マツが、うつむいて眠っていた。

「ああ、天久先生。当直どうもお疲れ様ですね。ただ、当直中は基本的に当直医に全部対処していただくことになってるんでね、私を呼び出されても困るんですよ」

倉田は白髪の目立つ髪をがりがりと掻《か》いた。よっぽど深夜に呼び出されたことが不快なのか、この前の慇懃な態度は完全に消え去っていた。

「そもそもねえ……」

倉田がさらに文句を重ねようとした瞬間、鷹央は肩をたたいてマッを起こす。ゆっくりと顔を上げたマッの口元が紅く染まっているのを見て、倉田は言葉を失った。これを見せた方が説得力があるからと、口を拭いてやろうとした美由紀を鷹央が止めていたのだ。

「一時間前、ナースステーションからA型の輸血パックが盗まれ、この患者のベッドのそばで空の状態で見つかった。そして、ベッドに寝ていたこの患者の口元は真っ赤だった」

「それは……その患者が血を……？」倉田が震える声で訊《たず》ねる。

「ああ、そうだ。この女が輸血パックを盗んで、中身を飲み干したんだ。今回も、それまでの三回も」

「なんでそんなことを……」

不安げにあたりを見回すマツを凝視しながら、倉田がつぶやく。なぜマツが血を飲まなくてはならなかったのか、それは僕も知りたかった。口のまわりを真っ赤に染めたマツを発見してから、何度も鷹央に訊ねているのだが、その度に鷹央は「院長が来たら説明するから待ってろ」とつまらなそうに言うだけだった。

「異食症だよ」

鷹央は気怠《けだる》そうに言う。

「いしょく……しょう」

倉田はたどたどしく、その単語をおうむ返しにした。

「そうだ。異食症ぐらい知っているだろう。無機物などの本来食用にならないものを、無性に食べたくなるっていう症状だ。土やチョーク、氷などが対象になることが多い。貧血のある女性に多く、特に妊娠中によく見られる。原因としては鉄欠乏、亜鉛欠乏、強い精神的ストレスなどがあげられる。あと脳の疾患による異常行動としてあらわれる場合もあるな」

鷹央はぺらぺらと『異食症』についての知識を述べていく。

「この田中マツの場合、貧血もあり、また認知症もかなり重症だ。異食症が生じてもおかしくはない。そして、異食の対象となるものが……血液だった」

声をひそめて鷹央が言う。それに合わせて、田中マツが歯を見せてにやりと笑った。

紅く染まった歯があらわになる。

「そりゃ、異食症は知っているけど、血を飲むなんて話は……」

「勉強不足だな。血液を欲するタイプの異食症は、極めて珍しいが何例か報告がある。ほとんどの場合が、この田中マツと同じように認知症を患《わずら》い、さらに貧血がある症例ばかりだ」

鷹央は面倒くさそうに説明を重ねていく。

「けれど、……けれど本当にそんなことがあるんですか？」

倉田は疑わしげに目を細めた。

「なんだ、疑うのか？　それじゃあ証拠を見せてやろうか」

「……証拠？」

倉田がつぶやくと、鷹央は白衣のポケットから二百ミリリットルほどの小さなペットボトルを取り出す。その中では深紅の液体が揺れていた。

「先生、それってまさか⁉」僕の片頰が引きつる。

「ああ、A型の濃厚赤血球液だ。うちの病院で取り寄せたけど、その前に患者が死亡して使用されなかったものをわけてもらってきたんだ」

鷹央はペットボトルのキャップを外し、マツに手渡した。マツは受け取ったペットボトルを不思議そうに眺めていたが、匂いを嗅《か》ぐとすぐに笑顔になる。次の瞬間、マツはためらうことなくペットボトルに口をつけると、その中身を飲み干していった。僕と倉田、そして二人の看護師は、その光景を呆然と眺める。

「これで分かっただろ」

空になったペットボトルをマツの手から取った鷹央は、肩をすくめた。

「え、ええ。まあたしかに。そ……それじゃあ、今後はその患者に輸血が盗まれないように気をつけていれば……」

「それはよくないな」

動揺でかすれる倉田の言葉を、鷹央が遮る。

「よくない？」倉田は太い眉をひそめた。

「ああ、そうだ。この患者は認知症、肝硬変、貧血を患っているが、それなりに体力がある。そしてなにより、かなり血液に対する渇望があるはずだ。もし輸血パックが手に入れられないとなると、もっと手近にある血液を飲もうとするかもしれない」

「手近って……まさか」

「そう、他の患者を襲って血液を飲もうとしかねないってことだ。それこそ、本物の吸血鬼のようにな。一九四〇年代のイギリスで、九人の人間を血を飲むために殺害し、『ロンドンの吸血鬼』と呼ばれたシリアルキラー、ジョン・ジョージ・ヘイも、異食症のために血を欲したという説もある」

鷹央の説明に倉田の顔がこわばる。入院患者が他の患者を襲って血を飲んだなんてことになれば、大きな問題になるだろう。下手をすればマスコミが大量におしかけかねない。

「そんな、それじゃあどうすれば……」

顔をこわばらせたまま、倉田がつぶやいた。鷹央は面倒くさそうに自分の肩を揉んだ。

「この患者には、内科的な治療の他に精神科の治療も必要だ。場合によっては、一時的に閉鎖病棟に入院することも必要かもしれない。ここみたいな療養型の病院じゃ無理だな。……分かったよ。天医会総合病院で受け入れてやる」

「本当ですか？」倉田の顔に安堵の表情が広がった。

「しかたないだろ、診断つけたのは私なんだから、最後まで診るよ。もともとうちの病院に入院していた患者だしな。明日、……というかもう今日か。朝になったらうちの病院に搬送しろ。統括診断部の入院ベッドを用意しておいてやるから。そうだな、お前が一緒について連れてきてくれ。私をこの件に巻き込んだんだから、それくらいはやってくれるだろ？」

鷹央は美由紀に向かって言う。唐突に指名された美由紀は、ためらいがちにうなずいた。

「よし、これで一件落着だな。つまらない事件だった。小鳥、帰るぞ」

鷹央は身を翻《ひるがえ》して病室から出て行こうとする。

「え、まだ当直中じゃ……」

僕が声をかけるが、鷹央は振り返ることもしなかった。

「せっかく院長が帰ってきたんだ、もう私たちみたいな外様《とざま》がいなくても、院長がしっかりやってくれるだろ。それに、この病院の当直室のベッドは硬すぎる。自分の家でゆっくり寝たいんだよ」

4

「それじゃあよろしく」

看護師に声をかけると、僕はナースステーションから出る。

当直をしていた倉田病院をあとにしてから半日ほど経《た》った昼間、十階病棟で患者の入院に必要な指示を出した僕は、この階のエレベーターホールの脇《わき》にある統括診断部の外来診察室へと向かった。

診察室に入ると、三日前と同じように鷹央と美由紀が座っていた。数十分前、美由紀は鷹央に指示されたとおり、倉田病院から搬送された田中マツに付き添ってやって来ていた。

「とりあえず田中マツさんの入院手続き終わりました。このあとはどうしましょうか？

精神科に兼科依頼を出しておきますか」

「精神科？　なに言ってるんだお前は」

鷹央は虫でも追い払うかのように手を振る。なんか、昨日から本当に機嫌悪いな。

「なにって、精神科の治療が必要だからわざわざ転院させたんじゃ……」

「お前、まだあんなでまかせ信じているのか？」

「え？」

呆《あき》れを含んだ鷹央の言葉に、僕は目をしばたたかせる。

「だから、あんなのでまかせに決まっているだろ。たしかに、実際に病気が原因で血液を飲もうとする人間も存在するが、その場合は異食症というより、妄想を伴う精神疾患を患《わずら》っていることが多い。ちなみに昨夜言った『ロンドンの吸血鬼』は、精神疾患を装って死刑を回避するために、『被害者の血を飲んだ』と嘘《うそ》をついていた可能性が高いと言われている」

「それじゃあなんでそんなことを……、え、けど実際に田中さんは血を飲んで……、それじゃあ血を盗んだのは？」

半日前の鷹央の説明ですべてを分かった気になっていた僕は、混乱して舌が回らなくなる。

「そんなにいっぺんに質問されても答えられるわけがないだろ。まったく。九十歳近くてしかも認知症の老人が、一階の警報装置を鳴らして、その隙にナースステーションから輸血パックを盗んだ？　そんなことできると思うか？」

たしかに、あらためて言われてみればそうかもしれない。しかし、あの気味の悪い病院で、口のまわりを真っ赤にした老人を目《ま》の当たりにすれば、信じてしまうのもしかたがないではないか。そもそも、マツは実際に僕たちの目の前で血を飲んだ。異食症でないと言うなら、なんであんなおそろしいことを？

「それじゃあ、輸血パックを盗んだのは田中マツさんじゃなかったってことですか？」

僕が訊ねると、鷹央は鼻を鳴らす。

「ああ、そうだ。田中マツは犯人なんかじゃない。そう思い込ませるように仕立て上げた奴《やつ》がいるんだよ」

鷹央はそこで言葉を切ると、正面に座る美由紀に視線を向けた。

「輸血パックを盗んだのはお前だ。そうだよな？」

「……はい、そうです」

美由紀は薄く紅をさした唇を噛むと、力なくうなずいた。

「さて、そろそろこのくだらない茶番劇を終わりにしようぜ」

うつむき続ける美由紀を前にして、鷹央はかぶりを振った。僕は口を半開きにして、

『犯人』と指摘された美由紀を見る。

「ちょ、ちょっと待って下さいよ。美由紀さんが犯人？　けど、この事件の調査を依頼したのって美由紀さんなんですよ」

「ああ、それが目的だったからな」鷹央はつまらなそうに言う。

「目的？　そもそもなんで、美由紀さんが犯人なんて思ったんですか？」

「状況から見たら、それしか考えられないんだよ。そして昨日勤務表を確認したら、思った通りこいつは輸血パックが盗まれたとき、三回とも勤務していた」

「いや先生、ちょっと待ってください。美由紀さんが犯人のわけないですよ。昨日の夜に警報が鳴ってから、冷蔵庫の中の輸血パックが盗まれるまで、美由紀さんはずっと僕と一緒にいました。少なくとも昨日、美由紀さんが輸血パックを盗むのは無理ですよ」

「ああ、ありゃ私がやったんだ」

「……は？」

鷹央がなにを言ったのかすぐには理解できず、僕は呆けた声を出す。そんな僕の前で鷹央はデスクの抽斗《ひきだし》を開けると、そこから取り出したものをデスクの上に放った。僕はあんぐりと口を開く。それは濃厚赤血球液の輸血パックだった。

「これって……」

「昨日私が盗み出したものだ。警報を止めたあと、私が最初にナースステーションに行って冷蔵庫を開けただろ。その時に盗んで、手術着の背中側のズボンにはさんでおいたんだ。白衣着ていたから気づかなかっただろ。冷たかったけどな」

　鷹央は少々得意げに言う。

「それじゃあ、田中さんのベッド脇に落ちていた、空になった輸血パックは？」

「私が前もって用意しておいたやつだ。この病院で使い終わった空パックに、赤い絵の具を溶いた液体を少量入れたものだな。お前に冷蔵庫の見張りをさせたあとに、三階の病棟に行って前もって仕掛けておいたんだよ。ちなみにその時、田中マツの口元を食紅で赤く染めることもしておいた」

「じゃあ、院長の前で田中さんが飲んだのは血じゃなくて……」

「あれは食紅で色づけしたヤクルトだよ。それっぽく見えただろ。あれ作るの結構苦労したんだぞ」

　全身から力が抜けていく。僕はその場にへたり込みそうになった。完全に鷹央の手の内で踊らされていた。あんなに怯《おび》えていた自分が情けない。

「なんでそんないたずらしたんですか？」

　僕は弱々しい声で訊ねる。

「田中マツをこの病院に転院させるためだよ。小鳥、お前、田中マツのカルテを見たって言ったよな」

「え？　ああ、はい。見ましたけど……」

僕が答えると、鷹央はこれ見よがしに大きなため息をついた。

「私の下で勉強はじめて何ヶ月経つんだよ。少しは成長しろよな。お前の目玉はビー玉か」

そんなこと言われても、あのカルテでなにが分かるって言うんだ。普通の貧血と肝硬変の患者のカルテじゃないか。

「田中マツはなんで肝硬変になっているんだ？」

「……え？」

唐突な質問に虚をつかれ、僕は言葉を詰まらす。

「だから、肝硬変の原因だよ。カルテにあった採血データをみると、B型、C型の肝炎ウィルスには感染していない。入院してからもどんどん悪化しているところから、アルコール性の肝硬変も違う」

「自己免疫性肝炎とか原発性胆汁性肝硬変とか……」

僕は肝硬変を引き起こす疾患をおずおずと口にする。

「両方とも違うな。昨日検査した血液データでは、自己抗体はすべて陰性だった。抗核抗体も抗ミトコンドリア抗体もだ」

僕が必死に思いついた鑑別疾患は、一瞬のうちに鷹央によって否定される。

「それに他にも、田中マツの検査データにはおかしなところがあるんだよ。もちろん気づいて……いないよな。まったく、本当にここでなにを勉強してきたんだか」

鷹央は僕に冷ややかな視線を送ってくる。僕はただ体を小さくしてうつむくことしかできなかった。

「輸血はなんのためにやるんだ？」

ぼそりと鷹央がつぶやく。

「え、なんの話ですか？」

「だから輸血だよ。なんのために濃厚赤血球液を輸血するんだ？」

「そりゃあ、血液中の赤血球を増やして、貧血を改善するためじゃないですか？」

質問の意味が読み取れず、僕はおずおずと言う。

「ああ、そのとおりだな。それで、田中マツの貧血は改善していたか？」

「はい？」

「だから、輸血で田中マツの赤血球は増えていたのか？」

「それは……」

僕は言葉に詰まる。検査データは軽く目を通しただけだったので、細かいデータまでは覚えていなかった。そんな僕を見て、鷹央はもう一度深いため息をつく。

「増えていなかったんだよ。何度輸血しても、田中マツの赤血球はほとんど増えなかったんだ」

鷹央は僕に向かって一枚の紙を差し出す。受け取った紙に視線を落とすと、それは田中マツの採血データだった。一昨日、倉田病院から帰る際に採取した血液を、天医会総合病院で検査したものだろう。

「それを見てもまだ気づかないようなら、内科医やめて外科に戻れ」

鷹央からのプレッシャーに顔の筋肉を引きつらせながら、そのデータに視線を送る。

僕の目が検査結果の一番下に記された項目をとらえた。


『直接クームス試験：陽性』


直接クームス試験？　たしかこれが陽性になる疾患は……。

「AIHA！」

僕は思わず叫んでいた。鷹央がやれやれといった感じで肩をすくめる。

「そう、AIHA。自己免疫《めんえき》性溶血性貧血だ。赤血球膜上の抗原に反応する抗体を体が作ってしまい、赤血球が破壊される疾患だな。治療には副腎《ふくじん》皮質ステロイドの投与が必要だ。貧血だからといって輸血を行えば、大量の抗体が産生され、貧血が悪化することさえある。つまり田中マツに輸血された赤血球は、その大部分が抗体により破壊され、貧血の改善にはまったく役に立っていなかったってことだ。これで全部分かっただろ」

「え？　全部……ですか？」

「そうだ、全部だよ。なんでこんな馬鹿《ばか》らしい茶番劇が起こったかだ。まさか、ここにいたってもまだ分からないのか⁉」

鷹央は目を剝《む》く。

そんなこと言われても……。田中マツは輸血をしても無意味な疾患だった。それと『吸血鬼』の事件、いったいどう繋《つな》がるというのだろう？

「あのなあ、田中マツがＡＩＨＡだったってことが分かったんだぞ。それなら、肝硬変の原因も予想つくだろ。ほら、一分以内に思いつけ。そうじゃなきゃ、研修医からやり直させるぞ」

「研修医からって、そんな冗談……」

「一、二、三、四……」

引きつった笑いを浮かべる僕の目の前で、無情にも鷹央がカウントダウンをはじめる。

この人、本気だ！　僕はあわてて脳に鞭《むち》を入れる。

田中マツは赤血球が体内で破壊される疾患をわずらっていた。それでなぜ肝硬変に……？

「二十四、二十五、二十六……」

容赦《ようしゃ》なく時を刻んでいく鷹央の声が脳髄を加熱させていく。

研修医からやり直すことなんて可能なのか？　いや、鷹央なら本気でやりかねない。研修医に戻ったりしたら、鴻ノ池の研修仲間ということになるのか？　どうかそれだけは……。ああ、いまはそんなことを考えている場合じゃない！　溶血と肝硬変だ。

ウィルス性でもアルコール性でもない肝硬変。そして溶血……。

溶血？　血が溶ける……。

「四十五、四十六、四十七……」

血に含まれるのは……ヘモグロビン。ヘモグロビンの材料は……鉄！

「五十六、五十七、五十八……」

「ヘモクロマトーシス！」

カウントアップ寸前で、僕はその疾患を叫ぶ。鷹央はチッと舌打ちすると、「正解だ」とつぶやいた。

……いまの舌打ちはなんなんだ。そんなに僕を研修医に戻したかったのか？

ヘモクロマトーシス。体内に過剰に取り込まれた鉄が様々な臓器に沈着し、障害をきたす疾患。特に肝臓や心臓などに蓄積すると、肝硬変や心不全を引き起こし、致命的な症状をきたすこともある。

「そうだ。田中マツの肝硬変の原因はヘモクロマトーシスだ。自己免疫性溶血性貧血で貧血気味だった田中マツは、あの倉田とかいうヤブ医者に輸血をくり返されていたんだろうな。さらに倉田病院のカルテを見ると、定期的に鉄剤の点滴までされている。貧血だからって原因も考えずにやみくもに鉄を投与するなんて、あの馬鹿医者、医師免許剝《はく》奪《だつ》ものだな。その無駄な輸血と鉄剤の投与で、田中マツの肝臓には大量の鉄が蓄積し、肝細胞を障害し続け、ついには肝硬変になった。これこそまさに医原病だな」

誤った医療行為によって引き起こされる疾患、医原病。僕は口元に力を込める。ようやくぼんやりながら、事件の全容が見えてきた。

「それじゃあ、輸血パックが盗まれたのは、これ以上田中さんに輸血して病状を悪化させないように……」

「そうです。そのために私が輸血パックを盗みました」

それまで黙っていた美由紀が、震える声で言った。

田中マツに輸血させないため、彼女に輸血されるはずだったA型の血液を盗み出した。一回はA型の輸血を予定していたものが二人いたため失敗したが、残りの二回では思惑どおり、田中マツへの輸血を阻止できた。けれど……。

「けれど、なんでそんなまどろっこしいことをしたんです。輸血が逆効果だって思っていたなら、そう院長に言えばよかったじゃないですか」

「言いました！　私は何度も言ったんです！　輸血は田中さんの病状を悪化させている

って。けれど院長は『ナースが治療に口を出すな』って怒鳴って、輸血どころか鉄剤の点滴もやめようとしませんでした」

美由紀はやや血色の悪い唇を強く嚙んだ。僕は倉田病院の院長を思い出す。たしかにあれだけスタッフに対して横柄《おうへい》な態度をとる医者なら、ナースからのアドバイスに耳を傾けないだろう。

「でも、なんで空になった輸血パックを、端を破って病室においたりしたんですか？そんなことをするから『吸血鬼』なんておかしな噂が……」

「その噂をたてるために決まってるだろ」

鷹央が僕の質問にかぶせるように言う。

「この女は『吸血鬼』の噂をたてるために、わざと廊下に血を垂らしたり、嚙み切ったような跡をつけた空の輸血パックを病室に捨てたりしたんだよ。いや、そもそも最初に『吸血鬼』なんていう噂を同僚のナースたちに吹き込んだのも、この女なんだろうな」

鷹央はちらりと美由紀に視線を向ける。美由紀はうつむいたまま「おっしゃるとおりです」とつぶやいた。

「『吸血鬼』の噂を？　なんでそんなこと……？」

自然に僕の口から疑問がこぼれた瞬間、鷹央が氷点下の視線を浴びせかけてくる。

「さっきから『なんで？　なんで？』って、幼稚園児かよお前は。首の上にのってるでかい頭は飾りかなんかか？」

鷹央の罵詈雑言《ばりぞうごん》を浴び、僕は軽くのけぞってしまう。いつにも増して口が悪い。やはりかなりご機嫌斜めなようだ。本当に今回はなんでここまで苛ついているのだろう？『吸血鬼』の正体が期待したようなものではなかったからだろうか？　いや、それだけではここまで不機嫌にはならないはずだ。

しかし、『吸血鬼』の噂を流して、美由紀にいったいどんな得があるというのだろう？　そんな怪談じみた噂を聞いて喜ぶのなんて鷹央ぐらい……。そこまで考えたところで、僕は目を大きく見開く。

そう、鷹央はそのような噂が大好物なのだ。大好物、つまりは……エサになる。僕は半開きになった口から言葉を絞り出す。

「もしかして先生を……」

「そう、私をおびき寄せるためだ」

鷹央の口から舌打ちが響いた。

「この女は、私をおびき出して、田中マツの診断をさせようとしたんだ」

鷹央は低くこもった声で言う。椅子《いす》の上で背を丸めていた美由紀は、おずおずと上目遣いに鷹央を見ると、耳をすまさなければ聞こえないほど小さな声で「……すみません」と謝罪した。

「私の噂を聞いていたこの女は知っていたんだよ。私の診断能力を、そして『吸血鬼が出た』なんて言われたら、私が喜び勇んで調べに行くことをな。あと吸血鬼の噂のおかげで、外来の売り上げを心配した院長が、私みたいな部外者の調査を受け入れるという効果もあった。うまいこと考えたもんだな。おかげで下手な芝居までうたされた」

「本当に申し訳ありません。……先生にそこまでしていただくつもりはなかったんです。ただ……」

「ただ、私に吸血鬼の調査にかこつけて田中マツのカルテを読ませ、院長が間違った治療をしていることを指摘して欲しかったんだろ。だから、田中マツに注目してもらうために、輸血パックを病室に捨てたりと露骨なヒントを出していた」

「はい。カルテを見たら、先生ならすぐに気づいてくださると思いまして……」

「ああ、すぐに気づいたさ。ＡＩＨＡもヘモクロマトーシスも、そして私がいいように利用されていることもな」

ああ、だから最初に倉田病院に行ったときから、やたらと機嫌が悪かったのか。

無言でこうべを垂れる美由紀を前にして、鷹央は言葉を重ねていく。

「お前は私に、治療の間違いを指摘さえしてもらえればよかったって言ったな。本気でそれで解決するとでも思っていたのか？　あの無能で偏屈な医者は、私が誤診を教えてやってもどうせ逆ギレでもして、同じ治療を続けたはずだ。だからこそ、私はあんな小芝居までうって、田中マツをこの病院に連れてこないといけなかったんだ。なにか反論はあるか？」

鷹央は美由紀を睥睨《へいげい》する。

「いえ、ありません。……本当にご迷惑をおかけしました」

震える声で言う美由紀を見つめたまま、鷹央は大きく息を吐いた。美由紀の悲壮感に満ちた態度を見て、少しは怒りもおさまってきたらしい。

「なんでここまでしたんだ？　たしかにあの病院の治療はひどかったが、それを考慮してもお前は田中マツにこだわりすぎだ。なんでこんな、下手をすれば手がうしろに回りかねないような手を使ってまで、あの患者を助けようとしたんだ？」

鷹央の当然の疑問に、美由紀は唇を固く結び、すぐには答えなかった。

数十秒の沈黙のあと、美由紀はゆっくりと口を開く。

「マツさんは二年ぐらい前、……私がこの天医会総合病院に勤めていたときの担当患者さんだったんです」

美由紀の言葉を聞いて、鷹央の眉毛がぴくりと動く。

「マツさんは交通事故でご家族を失って以来、一人暮らしをしていたんですけど、一昨年肺炎にかかって入院してきたんです。肺炎はなんとか治ったんですけど、入院でもともとの認知症がかなりすすんで、自宅退院は難しい状況になりました」

その時のことを思い出したのか、美由紀の声が震え出す。

「……私、高校生の時に、事故で母を亡《な》くしているんです。肺炎がよくなったマツさん、私のことを亡くなった娘さんだと思いこんで……。病室に行くたびに、私のことを笑顔で迎えてくれて……。いつのまにか本当の家族みたいに感じていました。だから私、なかなか見つからなかったマツさんの転院先の病院が見つかったとき、すごく嬉《うれ》しかったんです。それが倉田病院でした。転院に必要な看護記録とかの書類は、全部私が用意しました。私がマツさんをあの病院に送ったんです！」

美由紀の声に嗚咽《おえつ》がまじりはじめる。

「……お前が倉田病院に就職したのは、田中マツがそこに入院していたからか？」

鷹央が訊ねると、美由紀は力なく顔を左右に振った。

「そういうわけじゃなかったです。その頃には、マツさんのことは完全に忘れていました。だから、倉田病院に入職して、入院患者にマツさんがいることを知ったときは嬉しかったです。けれど実際に会ってみると、マツさんは変わり果てていました。すごく痩《や》せて、皮膚はかさかさになって、肝障害で黄疸《おうだん》まで……。それなのに、私と会ったマツさんは、また私を娘だと思ってすごく喜んでくれたんです！」

美由紀は両手で顔を覆《おお》いながら言葉を続ける。

「話を聞くと、倉田病院に転院して二、三ヶ月してからマツさんは貧血になり、全身状態はゆっくりですけど段々悪くなっていったらしいです。たぶん、その時にＡＩＨＡを発症したんだと思います。入職してからマツさんの病状を見ているうちに、肝硬変の原因が、大量の輸血と鉄剤の投与なんじゃないかって思いはじめました。けれど、それを止めることができなくて……。私はもうすぐ倉田病院を退職します。あの病院に耐えられなくなったからです。でもその前に、どうしてもマツさんを助けたかったんです！」

そこまで言ったところで、美由紀は言葉を継げなくなる。

診察室に美由紀のむせび泣く声だけが響く。鷹央はがりがりと頭を掻くと、唐突に椅子から立ち上がった。美由紀が顔を上げ、潤《うる》んだ目で鷹央を見上げる。

「小鳥、とりあえずキレート療法をはじめて、余分な鉄を排出させるぞ。あとステロイドの投与だな。それで病状はかなりよくなるはずだ。そのあとは医療相談室に依頼して、どこかいい老人保健施設を探してもらう」

僕に向かって指示を出す鷹央を、美由紀は不思議そうに見つめ続ける。

「なんだよ、その意外そうな顔は。あの患者は統括診断部に転院してきたんだから、私たちが責任持って面倒をみるに決まってるだろ。あと、今後うちの病院から倉田病院に患者を送らないように、相談室に指示を出しておくから、お前は安心して故郷にでもどこにでも行けばいい。まあ、あの患者の状況は適宜連絡してやるから、時々見舞いでもしてやりな」

美由紀は両手で口を覆うと、鷹央に深々と頭を下げる。

「ありがとうございます。本当に……ありがとうございます」

大粒の涙を流しながら感謝の言葉を述べる美由紀の前で、鷹央は照れ隠しなのか、桜色の唇をへの字に曲げるのだった。

*

「これでよしっと……」

『病棟の吸血鬼事件』が解決してから一ヶ月ほど経った朝の統括診断部外来診察室。電子カルテの前に座った僕は、マウスを操作して、いま作ったばかりの文書をプリントアウトする。足元のプリンターががたがたと音をたてながら、Ａ４の用紙を一枚吐き出した。僕はそれを手にとると、内容を確認していく。それは、田中マツの診療情報提供書だった。

　入院後、キレート療法と副腎皮質ステロイドの投与で、田中マツの病状は急速に改善し、そろそろ退院先の老人保健施設を探せる段階になっていた。美由紀は入院後もかなり頻繁《ひんぱん》に見舞いにやってきていて、看護師の多くは彼女が孫だと思い込んでいたぐらいだ。ちなみに、鷹央の進言により、天医会総合病院は倉田病院へ患者を紹介しない方針になったらしい。倉田病院はかなりの危機に陥るだろうが、まあそれも自業自得《じごうじとく》なのだろう。

診療情報提供書に一通り目を通した僕は、白衣の胸ポケットから万年筆を取り出すと、サインと今日の日付を入れていく。

「もう十二月二十一日か……」

万年筆をしまいながら、僕はつぶやいた。街はクリスマス一色だが、イブの夜を一緒に過ごす相手のいない身としては、なんとなくむなしさが胸をかすめる。

いや、まだクリスマスイブまでは三日もある。もしかしたら、その間になにか良いことがあるかもしれないじゃないか。

自分を鼓舞していると、入り口のドアが開き、鷹央があくびまじりに診察室に入ってきた。

「あ、鷹央先生おはようございます」

「……おう」鷹央は気怠そうに片手を上げながら近づいてくると、僕の手元をのぞき込む。「なんの書類だ、それ?」

「田中さんの診療情報提供書ですよ。医療相談室がいくつか良い老健施設をピックアップしてくれたんで……」

そこまで言ったところで、僕は言葉を切って鷹央の顔を凝視する。

「どうした? 変な顔して」

「あの、……つかぬことを訊《き》きますけど、朝食になにを食べましたか？」

「なにって、カレーだけど」

超偏食の鷹央は、基本的にカレー味のものか甘味以外は口にしない。

「ちなみにそのカレー、具に変わった物を入れたりしませんでしたか？　具体的に言えば……ニンニクとか」

「ああ、そうそう。倉田病院に行ったときに、『吸血鬼』よけのために持って行ったニンニクな。あれ、冷凍庫で保管していたんだけど、いいかげんそろそろ悪くなりそうだったから、今朝のカレーに全部すりおろして入れてみたんだ。かなりくせのある味になったけど、けっこう美味《うま》かったぞ」

「……いますぐ家に戻って、入念に歯を磨いてきてください。あと、できればシャワーも」

「は？　歯を磨く？　シャワー？」

「先生はあまり鼻がきかないから気づかないかもしれませんけど、先生の全身から異臭が放たれているんですよ。どぎついニンニクの匂《にお》いが。さっさとそれをどうにかしてきてください」

僕はびしりと出入り口の扉を指さす。

「な、異臭って……。お前、レディに向かってなんてことを言うんだ」

「全身からニンニク臭を醸《かも》し出している女性を、僕は『レディ』とは認めません。いいから、外来がはじまる前に少しでもその匂いを薄めてきてください」

「わ、押すなって、この馬鹿力。セクハラで訴えるぞ。わかった、わかったって。どうにか匂い消してくるよ。消してくればいいんだろ」

鷹央がふて腐れながらそう言ったとき、外来の扉がノックされた。

もう患者が来たのだろうか？　僕は眉根を寄せて壁時計を見る。時刻は午前八時四十分だ。外来開始まではあと二十分も時間がある。

「ん？　誰だ？」

僕に押されて扉の前まできていた鷹央がつぶやく。

「真鶴《まづる》よ。ちょっといい？」

扉の奥から、鷹央の姉で、この天医会総合病院の事務長を務めている天久真鶴の涼やかな声が聞こえてくる。

「ああ、姉ちゃんか。どうかしたのか？」

鷹央が返事をすると、扉がゆっくりと開いていった。次の瞬間、僕の喉《のど》からくぐもったうめき声が漏れる。鷹央がもともと大きい目を見開いた。

扉の奥にいたのは一人だけではなかった。真鶴の隣に白衣を纏《まと》った長身の男が立っていた。白髪交じりの髪を短く刈り込んだ、五十がらみの眼光鋭い男。この天医会総合病院の院長にして、鷹央の叔父であり、そして天敵でもある天久大鷲《おおわし》だった。

なぜ大鷲が統括診断部の外来に？　思わず表情がこわばってしまう。先週、大鷲の策略により、統括診断部は崩壊の危機にさらされた。その際は、鷹央の活躍でなんとか乗り切ったが、それ以来、大鷲に対する警戒感は僕の胸に深く刻まれていた。

大鷲はゆっくりとした足取りで診察室へと入ってきた。それを見て、鷹央は露骨に顔をしかめる。自分のテリトリーに天敵が侵入することが不快なのだろう。

「なんの用だ？　叔父貴」

鷹央が硬い声で訊ねる。大鷲は鷹央を見下ろしながら、ゆっくりと口を開いた。

「お前に頼みたいことがある」

Karte. 03

天使の舞い降りる夜

1

「叔父貴が私に頼みたいことだぁ？」

警戒心と敵愾心《てきがいしん》で飽和した口調でつぶやきながら、鷹央は天久大鷲を睨《ね》め上げる。

「ああ、その通りだ」

大鷲はいつもどおりの平板な口調で答えた。

「ふざけるな。お前、自分がなにをしたのか忘れたのか!?」

「なんのことだ？」

「この前の話だ！　お前、統括診断部を潰《つぶ》そうとしただろ！」

声を荒げて椅子《いす》から腰を浮かした鷹央を、大鷲は冷然と見下ろす。

「何度も言っているように、それは外科系の部長数名から、連名で出された議題だった。私は院長として、それを会議で取り上げたに過ぎない」

大鷲は患者用の椅子に腰掛けた。鷹央の口元から歯ぎしりの音が響く。部屋の空気がこわばってくる。

先日、小児科に入院していた少年の母親に鷹央が医療過誤で告発されたのを機に、大鷲は統括診断部を、ひいては鷹央を潰そうと試みた。そのもくろみは、先週の会議で統括診断部の縮小案が採択される寸前に、鷹央が少年の身になにが起こったのか『診断』し、結果として失敗に終わっていた。

「おい、なに座っているんだよ。いまから外来なんだよ」

「外来がはじまるまでには話は終わる。早く終わらせたいなら黙って私の話を聞け」

大鷲に抑揚のない声で言われ、鷹央の頬が引きつる。

「鷹央、落ち着きなさい」

真鶴がさとすような口調で言う。普段は姉の言葉にはすぐに従う鷹央だったが、今日は数秒躊躇《ちゅうちょ》したあと、唇を尖《とが》らせながら渋々と椅子に腰掛けた。

「話があるならさっさと言えよ」

鷹央はハエでも追い払うように手を振る。普段は鷹央がそういう態度を取ると、すぐに注意する真鶴だったが、今日は厳しい表情のまま口をつぐんでいた。

大鷲と鷹央の話し合いを穏便にするために、真鶴はこの場に立ち会っているのだろうが、やはり先週大鷲が画策した統括診断部解体の企てに、内心怒りを感じているのかもしれない。

「先週から、小児科病棟でおかしな急変が続いて起こっている。同じ病室に入院している少年たちが立て続けに体調を崩したんだ」

大鷲は鷹央の目をまっすぐに見る。

「同じ病室？」鷹央の眉《まゆ》がぴくりと動いた。

「そうだ。しかも全員が治療を終え、近々退院の予定だった。それなのに原因不明の急変を続けて起こし、全員退院が延期されている」

「……重症なのか？」

鷹央が低い声で訊《たず》ねると、大鷲は首を左右に振る。

「いや、全員すぐに回復した。しかし、患者の親になぜ急変したのか説明ができていない状態だ。さらにそれと同時期に、病棟におかしな噂《うわさ》まで流れはじめた。親の中にはその噂を耳にして、急変と関連があるのかと不安を感じている者もいる」

「……おかしな噂？　なんだそれは？」

鷹央が訊ねると、大鷲は口の端をかすかに上げた。

「お前の好きそうな、怪談じみた馬鹿《ばか》げた噂だよ」

「……つまりそのおかしな噂が広まって、この病院の評判が落ちることが心配で、私に診察をして欲しいというわけだな」

「その通りだ」

病院を健全な経営状況に保つことこそ自らの使命であり、それによって地域医療の質を維持できるという信念を持っている大鷲は、はっきりとした口調で言い切った。鷹央と大鷲は再び無言でにらみ合う。その様子をはらはらしながら眺めながらも、僕は確信していた。鷹央がこの依頼を受けることを。

無限の好奇心を持ち、常にそのスーパーコンピューターのような頭脳を使う機会を探している鷹央にとって、『怪談じみた噂』は大好物だ。きっと、ぶつぶつ文句を言いながらも、調査を……。

「……嫌だ」ぼそりと鷹央はつぶやいた。

予想外のセリフに、僕は目を丸くして鷹央を眺める。気づくと真鶴も、そして大鷲さえもかすかに驚きの表情を浮かべていた。

「鷹央……、どうしたの？」

真鶴が困惑した様子で訊ねる。

「だって……、叔父貴の頼みなんて聞きたくないし」

鷹央は目を伏せると、まるで遅刻を言い訳する小学生のような口調でつぶやいた。

「……言い方が悪かったみたいだな」

いつの間にか無表情に戻っている大鷲は、低い声で言う。

「これは私の個人的な頼み事ではない。小児科病棟から統括診断部へ、正式な診察依頼がすぐに届くはずだ。その前に私が話をしに来たのは、これが重要な案件であることを告げるために過ぎない」

大鷲が滔々《とうとう》と話す前で、鷹央は口を開かなかった。

「統括診断部にとって、他科で診断がつかない症例を依頼を受けて診察することは、基本業務の一つだ。お前が統括診断部の部長である限り、それを拒否する権利はない」

それだけ言うと、大鷲は鷹央の返答を待つことなく椅子から腰を上げ、出口に向かう。大鷲が診察室から出ていっても、鷹央はまるで固まったようにうつむいたままだった。こんな鷹央を見るのははじめてだ。

僕は顔をあげ、真鶴に問いかけるような視線を送った。姉であり、鷹央の最大の理解者である真鶴ならなにか分かるかもと期待したが、真鶴も困惑の表情を浮かべて首を小さく左右に振る。

「鷹央、どうかしたの？」真鶴がおずおずと妹に声をかけた。

「……なんでもない」

鷹央は顔をあげることなく、低い声で独り言のように言った。

「なんでもないって、あなた……」

「姉ちゃん、もうすぐ外来はじまるから」

心配そうに眉根を寄せる真鶴と目を合わせないまま席から立ち上がると、鷹央は奥にある衝立《ついたて》の陰、外来中の定位置へとそのそと移動していく。もともと小さい鷹央の背中が、さらに小さく見えた。

僕は腕時計に視線を落とす。時刻は午前八時五十五分、たしかにもう外来がはじまってしまう。

衝立と壁時計の間でせわしなく視線を往復させていた真鶴が、唐突に僕の目を見つめてくる。息を飲むような美人に間近で見つめられ、胸の中で心臓が大きく跳ねた。

「鷹央になにかあったんでしょうか？」

「いや、それが僕にもさっぱり」

「……外来がはじまるみたいなので私はおいとましますけど、……鷹央をよろしくお願いします」

真鶴は深々と頭を下げると、何度も不安げな表情で振り返りつつ出口に向かう。扉を開けて外に出る寸前、ふと真鶴は思い出したように、僕に向かって小声で囁《ささや》いた。

「あの、気のせいかもしれませんけど、なんだか鷹央、ニンニク臭くなかったですか？」

「疲れた……」

最後の患者を見送った僕は机に突っ伏す。時計を見ると、ちょうど正午を指し示していた。

この統括診断部の外来は、各科で『診断困難』と判断された患者を時間をかけて診察し、診断をくだしていくという建前のもと、一人につき四十分もの診察時間を取っている。しかし、この外来に送られてくる患者の大部分は、診断が難しい患者ではなく、『扱いが難しい患者』だった。

各科外来でひたすら愚痴をまくし立てたり、理不尽なクレームをつけたりして、診療に支障をきたしたような患者が主に送り込まれてくる。つまり、僕は一人につき四十分間、ひたすら愚痴やクレームを聞き続けなければならず、精神的にかなり消耗してしまうのだ。

ただ、中には本当に診断が困難な患者もまぎれていて、そのような興味を引く患者の場合だけ、鷹央は衝立の奥から出てきて診察をする。しかし、今日の外来中に鷹央が姿を見せることはなかった。

鷹央はどうしているのだろう？　僕は席を立つと、ゆっくりと診察室の奥へと進んでいく。

「鷹央先生」

衝立の奥を覗《のぞ》き込むと、鷹央は椅子に腰掛けたまま窓の外を眺めていた。

「鷹央先生！」

鷹央がまったく反応しないので、僕は声のボリュームを上げる。小さな体がびくりとふるえた。

「な、なんだよ、急に」鷹央はようやく僕に視線を向けると、上ずった声で言う。

「どうしたんですか、魂抜けたみたいにぼーっとしちゃって」

「べつになんでもない。それより、お前こそなにしてるんだよ。次の患者は？」

「予約していた患者は全員診察終わりましたよ」

「え？」鷹央はぱちぱちとまばたきをくり返す。

「気づいていなかったんですか？」

これは重症だ。本当にどうしてしまったというのだろう？

「あ、ああ、それじゃあもう、外来は終わりだな」

取り繕うように言って椅子から腰を上げた鷹央は、早足で出口に向かっていく。僕は不安をおぼえながら、そのあとを追った。

屋上にある〝家〟に戻った鷹央は、いつもどおりレトルトカレーで食事を取ると、ソファーに横になって本を開いた。しかし、売店で買ったサンドイッチを食べながら横目で観察していたが、文字を追っている様子がない。恐ろしいほどの速読の鷹央は、普段はせわしなくページをめくっていくのだが、今日はほとんど同じページを眺め続けていた。

おかしい、やはり今日の鷹央はなにか変だ。大鷲が小児科病棟で起こっていることについて説明したとき、特に「怪談じみたこと」が起きていると聞いてから、鷹央の態度はおかしくなった。いったいなぜ……？

どれだけ考えても答えはでなかった。時間だけがだらだらと過ぎていく。

もうすぐ午後一時になる。午後は回診の予定だった。午後いっぱいかけて統括診断部に入院している患者や、診察依頼を受けた患者を診察してまわる。

僕は電子カルテを立ち上げるとディスプレイを眺める。大鷲が言ったとおり、小児科病棟から三人の入院患者の診察依頼がきていた。マウスをクリックして依頼票を表示させる。

「……げっ」

依頼医師の欄を見てうめき声をあげてしまう。そこには、僕の天敵の名前が記されていた。鴻ノ池舞。

またあいつが関わっているのかよ。そういやあいつ、今月は小児科で研修しているんだっけ。

「鷹央先生、もうすぐ一時ですし、そろそろ行きましょうか」

僕が声をかけると、鷹央は手にしていた文庫本をたたんで気怠《けだる》そうにこちらを見た。

「行くってどこにだ？」

「小児科病棟です。さっき院長が言っていた依頼がきています。とりあえず話を聞きにいきましょうよ。依頼書だけじゃ詳しいことまで分かりませんから」

僕が言うと、鷹央の表情がこわばった。

「どうしました?」

「……行かない」鷹央は蚊の鳴くような声でつぶやく。

「え、行かないって……」

「私は行かない。お前だけで行って、話を聞いてきてくれ」

「ちょっと待ってくださいよ。そんなわけにはいかないでしょ。依頼書は鷹央先生宛《あて》に来ているんだから。それに、小児科以外からも診察依頼は来ているんですよ」

「……小児科以外はちゃんと診る。けれど、小児科病棟はお前だけで行ってきてくれ」

目を伏せる鷹央を、僕は戸惑いながら眺める。

「あの、鷹央先生、なにかあったんですか? どうして小児科病棟だけ行きたくないいんです?」

「……べつに理由なんてない」

「いや、そんなわけないでしょ。さっきからなにかおかしいですよ。いったいどうしたんですか?」

「なんでもないって言っているだろ!」

勢いよく顔をあげた鷹央は、ヒステリックに叫びながら僕をにらみつけた。僕は唖然《あぜん》として立ち尽くすことしかできなかった。鷹央の顔にはっとした表情が浮かぶ。

「……悪い。……でかい声だして」

鷹央は耳を澄まさなければ聞き取れないほどの小さな声で言うと、ソファーの上で丸くなり、こちらに背中を向ける。

「……ちょっと一人にしてくれ」

弱々しい声が響く。その小さな背中にかけるべき言葉を探すが、見つけることができなかった。僕は立ち上がると、重い足取りで玄関に向かう。

「……とりあえず回診してきます。二、三時間で戻りますから」

鷹央はなにも答えなかった。僕はドアを開いて〝家〟から出る。

扉の閉まる音がやけに大きく鼓膜を揺らした。


「あっ、小鳥先生」

小児科病棟に入ると、ナースステーションからハイテンションな声が飛んできた。

「……いやがった」天敵と遭遇して、頬のあたりが引きつってしまう。

「あれ？　鷹央先生は」

少し茶色が入ったショートカットの髪を揺らしながら、小走りで目の前までやってきた鴻ノ池は、しゃがみ込んで僕の足の間から背後を覗きこむ。相変わらず行動の読めないやつだ。

「鷹央先生はこないよ。僕が診察して、あとで話を聞かせろって」

「えー、鷹央先生いないんじゃ意味ないじゃないですかー」

『意味ない男』と断じられ、一瞬反論しそうになるが、今日は鴻ノ池と馬鹿なやりとりをする気分になれなかった。

「……鷹央先生、どうかしたんですか？」

僕の雰囲気で異常を感じ取ったのか、鴻ノ池の顔が曇る。

「ちょっとな……。いまは〝家〟で休んでいるよ」

「もしかして体調悪いんですか？　私、ちょっと様子を……」

言うやいなや屋上に向かおうとした鴻ノ池の肩を、僕は反射的に摑《つか》んだ。

「小鳥……先生？」

鴻ノ池は不思議そうに僕の顔を見る。僕は唇を固く結んだまま、小さく顔を左右に振った。僕に対しては舐《な》めた態度を取ることの多い鴻ノ池だが、空気の読めない奴《やつ》ではない。と言うより、かなり人間関係に気を遣って、場の空気をうまくコントロールする能力を持っている。まあ、そのうえで僕をからかっていることに、思うところはあるのだが……。

「……分かりました。それじゃあ説明させてもらいますから、あとで鷹央先生に伝えておいてください」

鴻ノ池は表情を引き締めると、いつもより低い声で言った。

「ああ、頼む」

僕と鴻ノ池はナースステーションの中へと入ると、電子カルテの前に並んで座る。

「熊川《くまかわ》先生はいまの時間、外来をやっているんで、代わりに私が説明するように言われています」

鴻ノ池はマウスを動かしながら言った。

鷹央や僕と親しいことを差し引いても、一年目の研修医にして小児科部長の熊川に代理として指名されているところを見ると、鴻ノ池はかなり信頼されているのだろう。

普段の（特に僕に対する）言動はあれだけど、たしかにこいつ研修医としてはかなり優秀なんだよな。僕はディスプレイを見る鴻ノ池の横顔を眺める。

僕の視線に気づいたのか、鴻ノ池は首をぐるりと回して僕に向き直る。

「なんですか小鳥先生、そんなに私のこと見つめて。色目使ってもだめですよ。私はひそかに鷹央先生と小鳥先生をくっつけようと思っているんですから」

「本人の前で宣言して、なにが『ひそかに』だ」

「あ、話変わるけど小鳥先生。鷹央先生へのクリスマスプレゼントはなんにしました？ちゃんと気合い入れないとだめですよ」

鴻ノ池はからかうように言う。シリアスモードは三分も持たないらしい。

「なんの話だよ？　そんなもの買ってない」

僕がこたえると、鴻ノ池は芝居じみた仕草で目を見開き、両手で口元を覆《おお》う。

「し……信じられない。彼女へのクリスマスプレゼントを買っていないなんて……」

「誰が『彼女』だ⁉　僕に恋人はいない！」

「ええ、もちろん知ってますよ。ちょっと前までこなかけていた救急部のナースが、元彼とよりを戻しちゃったから、今年のクリスマスに特に予定がないこととか」

「ほっといてくれ！」

「まあ、恋人かどうかとかは置いといて、とりあえずクリスマスプレゼントぐらい買わないとだめですよ。普段お世話になっているお礼としても」

「お礼か……。まあそうかもしれないけどさ、あの人、プレゼントなんてもらって喜ぶか？」

浮き世離れした鷹央は、基本的に物欲に乏しいところがある。

「男からの贈り物を喜ばない女性なんていませんよ。もしかしたら、それがきっかけで二人の気分が盛り上がって、そのままイケナイ世界に……」

「……もう黙れ。いいから説明に集中しろ」

自分の体を抱くように手を回して身もだえする鴻ノ池の頭頂部を鷲摑《わしづか》みにすると、むりやりディスプレイに向き直させる。

「はーい。えっとですね、急変したのは七一七号室に入院している三人です。まず最初に急変したのは関原勝次《せきはらかつじ》君、十四歳で先月の二十八日に急性腹症で受診して、検査の結果急性虫垂炎の診断で入院になりました。症状は軽かったんで、最初は抗生剤の投与で散らそうと思っていたんですけど、症状悪化してきたんで三十一日に虫垂切除術を行っています」

鴻ノ池は流暢《りゅうちょう》に説明しながら、ディスプレイに関原勝次という少年のカルテを表示させる。

「小児科病棟に入院している割には年齢高いな。それに、虫垂炎なら小児科じゃなくて外科が担当だろ」

「この病院だと、小児科の患者じゃなくても、中学生までは小児科病棟に入院させることになっているんですよ」

「ああ、そうなんだ。それで、その子が急変したのか？」

「はい、手術は特に問題なく終わって、その後の経過も順調でした。先週には食事も普通に取れるようになったんで退院する予定になっていました。けれど、ちょうど一週間前の夜九時過ぎ、急に嘔吐《おうと》したんです」

「嘔吐か……。それって急変って言えるようなものか？　まだ腸管の機能が完全には戻っていなかっただけじゃないか？」

開腹手術を受けた患者の腸管機能が一時的に低下するのは、ごく自然なことだ。

「たしかに最初はそう思いました。けれど、勝次君は三日前にも嘔吐して、そのうえ同室の患者にもおかしなことが起こったんです」

鴻ノ池は関原勝次のカルテを消し、新しい患者のカルテを表示する。

「次は作田雄一《さくたゆういち》君です。十三歳で今月の一日にマイコプラズマ肺炎の診断で入院してきました。入院後は抗生剤の投与で症状が改善して、炎症所見も消えたんで、やっぱり先週には退院を検討していました」

「……その子も嘔吐したのか？」

もしそうだとしたら、まず考えられるのは感染性胃腸炎だ。胃腸炎を引き起こすウィルスが同じ病室の患者に感染して……。

「いえ、雄一君は嘔吐じゃありません。四日前の夜十一時頃、急に胸が苦しいってナースコールが入って、看護師が駆けつけたら喘息《ぜんそく》発作を起こしていました」

「喘息発作？」

鼻の付け根にしわを寄せる僕を横目で見ながら、鴻ノ池がうなずく。

「はい、小児科の当直医が呼ばれて聴診したところ、喘鳴が聴取されて、血中酸素飽和度も低下していました。すぐに酸素を投与したうえで、気管支拡張薬とステロイドの吸入、そしてテオフィリンの点滴を行って症状は治まりました」

「その雄一っていう子は、もともと喘息の既往はあったのか？」

「小学生のころまではときどき喘息発作を起こしていたらしいですけど、この数年はなかったみたいですね。小児喘息患者って、成長とともに発作を起こさなくなっていくことが多いじゃないですか」

「けれど、それって肺炎による炎症のせいで、喘息の素因を持っていた気管支が収縮したってことじゃないのか？」

「喘息発作を起こしたときは、もう肺炎はほとんど完治していたんですよ。肺炎がひどかったときには喘息発作は起こしていないのに、炎症が治まってから発作が起こるなんておかしくないですか」

「まあ、たしかにな……」

僕は曖昧《あいまい》に答える。たしかに鴻ノ池の言うことにも一理あるが、実際の臨床ではときに理に合わないことが生じることもある。

「最後が冬本淳《ふゆもとあつし》君です。十五歳でＷＰＷ症候群の患者です」

ＷＰＷ症候群とは、心臓の心房と心室を電気的に繋《つな》ぐ経路に、異常な側副路が先天的に存在する疾患だった。無症状のこともあるが、場合によっては頻脈性の不整脈を生じることがある。

「この患者はなんで入院しているんだ？　不整脈の精査かなんか？」

「いえ、これまで結構頻繁《ひんぱん》に不整脈発作を起こして入退院をくり返しているんで、今回はカテーテルアブレーションをするために入院してきました。今月二日に入院していろいろ検査をしたあと、七日に循環器内科でカテーテルアブレーションを行いました」

穿刺《せんし》した血管から心臓までカテーテルを送り、異常な側副路を焼き切るカテーテルアブレーション。それを行うことでＷＰＷ症候群は治療することができる。

「……もしかして、この患者も？」

僕が声をひそめて言うと、鴻ノ池は重々しくうなずいた。

「はい、カテーテルアブレーションは成功して、その後の検査でも問題がなかったので、先週末あたりに退院する予定でした。それが八日前の深夜零時頃に、突然『苦しい』って病室から出てきて倒れたんです。夜勤のナースがあわてて脈を取ったら、かなり脈が遅くなっていて、しかも不整だったとか」

「徐脈性の不整脈が起こったってことか？　心電図とかは？」

「すぐに循環器内科の当直医が駆けつけて、心電図をとったらしいです。けれど、その頃には症状はおさまっていて、心電図は正常でした」

「カテーテルアブレーションの影響で、これまでとは違う不整脈が起こったっていうことか？」

「その可能性を考えて、循環器内科が徹底的に検査をしているんですけど、なんの異常も見つかっていないんです。ちなみに、発作もその一回だけです」

「……本当に徐脈性不整脈なんて起こっていたのかよ？　混乱したナースがうまく脈を取れなかっただけじゃないか？」

「そうかもしれませんけど、同じ病室の三人に続けざまにおかしな症状がでるなんて、ちょっと異常じゃないですか？」

僕は腕を組む。一人一人の症状を見ると、それほど異常なことが起こっているわけではない気がする。しかし、短期間に同じ部屋に入院する三人、しかも退院を検討できるほど症状が安定している患者たちの病状が悪化するのは、たしかにおかしい気もした。

「ちなみにこの急変した三人、ちょっとした問題があるんですよ」

考え込んでいる僕の横で、鴻ノ池はぼそりとつぶやく。

「問題？　それってもしかして、この前の鈴原宗一郎《すずはらそういちろう》君みたいな？」

先日、鷹央が医療訴訟に巻き込まれた事件で、正体不明の症状に襲われていた鈴原宗一郎という名の少年の場合は、親からのクレームがひどく、それが鷹央を追い詰めた。

「いえ、この子たちの親御さんについては普通の人たちです。まあ、急変の原因が分からないんで神経質にはなっていますけれどね。今回の場合は入院している本人たちが問題なんですよ」

「悪ガキだってことか？」

「簡単に言っちゃえば、そういうことです」

鴻ノ池は肩をすくめながら苦笑を浮かべる。

「その三人って、この病棟に入院している子供たちの中で一番年長なんですよ。だから威張りちらして、他に入院している子をいじめたりしているんです。小児科に入院している子たちって、プレイルームとかで顔を合わせることが多いでしょ」

「それって、暴力ふるったりってことか？」

僕がたずねると、鴻ノ池は顔を左右にふった。

「いいえ、そういう直接的な行動ではないですね。なんというか、他の子の私物を隠したり、外見的な悪口を言ったりとか……。どうしても病気が外見に出る子っているじゃないですか」

「そりゃ悪質だな。注意とかしないのかよ？」

眉間《みけん》にしわが寄ってしまう。疾患のために生じた外見の変化を馬鹿にされる。それは子供にとって、直接的な暴力以上に心に深い傷を残す可能性がある。

「それが、なかなか難しいんですよ。うまくこっちに気づかれないようにいじめたりしているから」

鴻ノ池は苦虫を嚙《か》みつぶしたような表情を浮かべる。

「そんなことできるのかよ？」

「あの三人、同年代なのと入院日が近かったってことで、やけに仲良くなって、変なチームワークを発揮しているんですよ。一人がプレイルームにいるスタッフに話しかけて気を引いている間に、残りの二人がいたずらをしたり」

……輪をかけて悪質だな。眉間のしわが深くなってしまう。しかし、なんとなく鴻ノ池が言いたいことは分かった。

「つまり三人の急変が、いじめに対する報復の可能性があるかもしれないってわけか」

僕が声のトーンを落としながら言うと、鴻ノ池は小さくうなずいた。

「そうです。被害を受けた子たち、その親御さん、そしてこの病棟のスタッフの中にも、あの三人に腹をたてている人はいます。もしかしたらその中の誰かが、三人の急変に関係しているんじゃないかと……。そうだとしたら大変なことになります」

それはそうだ。もし三人の急変が故意に引き起こされたとなれば、それは傷害行為に他ならない。そして万が一、それをやったのがこの病院のスタッフだったりしたら、とんでもない大問題になる。院長が神経質になるのも理解できた。

「けれど、嘔吐に喘息に不整脈だろ。誰かが故意に引き起こしたとしたら、どうやったったっていうんだよ？」

僕がつぶやくと、鴻ノ池は肩をすくめた。

「それが分からないから、統括診断部に依頼したんですよ」

「……だよな。えっと、ちょっと待ってくれよ」

鴻ノ池からマウスを受け取ると、僕は急変した三人のカルテをディスプレイに表示していく。横から注がれる鴻ノ池の視線に、やけにプレッシャーを感じた。

十分ほど電子カルテの内容を読み込んだところで、鴻ノ池が「なにか分かりました？」と声をかけてくる。その口調からまったく期待感が伝わってこないのは、僕の気のせいなのだろうか？

「えっとだな、急変したとき三人とも点滴を受けていたよな。もしかしたら、その点滴の中になにか……」

「調べました」

言い終える前に、鴻ノ池が僕の言葉を遮る。

「点滴になにか混ぜられた可能性を考えて、雄一君と淳君が急変したときに投与していた点滴を専門機関に送って、なにか急変させるような物質が含まれていないか調べてもらいました。けれど、なにも出ませんでした」

鴻ノ池ははっきりとした口調で言う。

「て、点滴本体になにも入っていなかったとしても、誰かが病室に忍び込んで、側管から薬物をワンショットで投与したりとか……」

「もちろんそれも考えました。けれど、三人に話を聞いたところ、急変する前に誰かが病室に入ってきたりはしなかったって言っています」

「あ、ああ、そうなんだ……。そ、それじゃあ、やっぱり偶然が重なったってことになるんじゃないか？」

引きつった作り笑いを浮かべながら、僕はおずおずと言う。

「ええ、その可能性もあります。だから鷹央先生に、偶然なのかそうじゃないのか判断してもらおうってことになったんです」

「ですよね……」

僕は体を小さくしながら言う。すでに各科の専門医が診察したうえで、原因がはっきりとしなかった症例なのだ。外科から統括診断部に移ってまだ半年程度の僕の意見などあまり意味がない。

えっと……。これからどうしよう？　焦《あせ》る僕の頭の中で、外来前に大鷲が言っていたことが蘇《よみがえ》る。

「あ、そう言えば三人が急変した以外に、この病棟で変なことが起こっているって聞いたんだけど」

「……そうなんですよ。三人の急変だけでも問題なのに、さらに輪をかけて変なことまで起こっていて。もうなにがなんだか」

鴻ノ池は頭痛でもおぼえたかのように顔をしかめた。

「変なことって、具体的には？」

たずねると、鴻ノ池はきょろきょろと周囲を見回したあと、僕の耳元に口を近づけ囁いた。

「この病棟……天使が現れるんですよ」


「天使ぃ!?」

あまりにも突拍子もないことを言われ、思わず声が跳ね上がってしまう。鴻ノ池はあわてて、叩《たた》きつけるように両手で僕の口をふさいだ。衝撃でのけぞってしまう。

「だめですよ、大声上げちゃ。いまその話題、この病棟ではタブーなんですから」

「タブーって、なんでだよ？」

鴻ノ池の手を払いながら、僕は眉根を寄せる。

「三人の急変で、ただでさえぴりぴりしているんです。それなのに、そのうえ『天使』なんておかしな話までできて、みんなちょっとした混乱状態なんですよ」

「まあ、『天使』なんてわけの分からない話が出てきたら、混乱するわな。それで、天使が現れるって具体的にはどういうことなんだよ？」

僕と鴻ノ池は周りに聞こえないように小さな声で会話を続ける。

「十日ぐらい前に、入院している子が深夜に、『天使を見た』って言い出したんですよ。その子の話では、夜中に目が覚めたら、光の中に人が立っていたって。しかも、そういうことがこれまで三回もあったんです」

「それって夢を見ていただけなんじゃないか？」

僕が至極当然の疑問を口にすると、鴻ノ池は顔を左右に振った。

「私たちも最初そう思いました。けれど五日前、夜勤のナースがその子が入院している病室の壁が光っているのを、部屋の外から目撃したんです。そして、その光の中に人影が浮かんでいたって……。あわてて部屋に入ろうとしたら、その光は消えちゃったらしいです。そして問題は、その『天使』が目撃されはじめてから、あの三人が急変しだしたことです」

『天使』が現れてから急変しだした？　ますますわけが分からない。腕を組んで必死に思考をまとめようとしていた僕の頭に、ふと疑問がよぎる。

「光の中に人影が見えたのが本当だとしても、どうしてそれが『天使』になるんだよ？」

「最初にそれを見た子が、『あれは天使だった』ってはっきり言ったからです。その子が持っていた絵本に出てくる天使に似ていたみたいですね」

ああ、なるほど。子供らしいといえば子供らしい。

「それで、小児科のドクターたちは、その『天使』についてなんて言っているんだ？」

僕がたずねると、鴻ノ池は鼻の先を掻《か》いた。

「なんというか、むりやり気にしないようにしている感じですね。見間違いか、そうじゃなきゃ入院している子供のいたずらじゃないかって。少なくとも、『天使』と急変を結びつけては考えたくないみたいです」

まあ、常識的な判断だ。しかし、いたずらと言い切っていいものだろうか？　その『天使』と少年たちの急変に、なにか関係がある可能性も……。

「それで、これからどうします？」

「え？　どうするって……」

鴻ノ池に声をかけられ、考え込んでいた僕は我に返る。

「だから、急変した三人の診察をするかとか」

「あ、ああ、もちろん診察するよ」

「分かりました。それじゃあ案内します。けれど、気をつけてくださいね」

立ち上がった鴻ノ池は脅すように言う。

「気をつけるってなにを？」

「これから会う三人ですよ。かなりの強敵ですから」

「なんだ、ギャル医者かよ」

病室に入った瞬間、そんな言葉が飛んできた。

「だからギャルじゃないって何度も言っているでしょ。私のどこがギャルに見えるのよ」

部屋に入ってすぐ右にあるベッドの上で、携帯ゲーム機を手にあぐらをかいている少年を、鴻ノ池はにらみつける。四床あるベッドのうち、左手前をのぞいた三床に少年が横たわっていた。

「どっから見てもギャルじゃん。日焼けして、顔茶色くなっているし」

少年は小馬鹿にするような笑みを浮かべた。

「うっさい、地黒なのよ。結構気にしているのに。それに茶色じゃなくて、これは小麦色っていうの」

鴻ノ池の唇がへの字に曲がる。

「……地だったのか」

てっきり日焼けサロンとかで焼いているのかと思っていた。

「なんか言いました？」

思わずつぶやいた僕を、振り返った鴻ノ池が剣呑《けんのん》な目つきでにらんでくる。僕はあわてて「いや、べつに」と胸の前で両手を振った。

鴻ノ池は不機嫌そうに形よく整えられた眉をしかめると、少年に向き直る。

「この子が先々週にカテーテルアブレーションをした、冬本淳君です」

僕は冬本淳を観察する。細身でかなり整った顔をしているが、その全身からは小生意気な雰囲気が漂っていた。

「だれ、あんた？　ギャル先生の彼氏？」

淳は値踏みするような目を向けてくる。

「違う違う違う違う。この人は統括診断部っていうところのお医者さんで、君たちの診察に来たの」

鴻ノ池は淳に僕を紹介する。……ちょっと「違う」を連発しすぎじゃないか？

「診察？　そんなの何回もしてきたのに、なんにも異常がなかったじゃん。またやるのかよ」

淳は大きく舌打ちをした。

「いや、診る人が違うと、いろいろ発見があるかも知れないからね」

内心の苛立《いらだ》ちを抑えながら、僕は猫なで声で言う。

「ねえよ、そんなもの。俺はどこも悪くないんだよ。だからさっさと退院させてくれって。こんなところに閉じ込められて、暇すぎて頭がおかしくなりそうなんだよ。なあ」

淳は部屋の奥のベッドにいる二人の少年に声をかける。二人はどこかためらいがちにうなずいた。

一人は眼鏡をかけた神経質そうな少年だった。入院中に勉強が遅れないためにか、英語の教科書を開いている。もう一人は、対照的にいかにもスポーツをやっていそうな少年だ。まだ中学生のはずだがかなり筋肉質な体をしていて、髪は短く刈り込まれていた。おそらく野球部にでも所属しているのだろう。ベッド脇《わき》の床頭台には、プロ野球の雑誌が置かれている。

「奥の右手のベッドにいる眼鏡の子が、肺炎で入院している作田雄一君。そして左手の坊主頭《ぼうずあたま》の子が、虫垂炎で入院している関原勝次君です」

鴻ノ池が二人の少年を指さしながら言う。少年たちは、一瞬だけ僕に敵意を含んだような視線を投げかけてきただけで、一言も発することはなかった。

居心地の悪さを感じた僕は、軽く咳払《せきばら》いをすると淳に向かって笑顔を浮かべる。

「あんまり時間はかからないから、とりあえず三人とも診察させてくれないかな？」

子供に向かって媚《こ》びるような態度を取っていることに自己嫌悪《けんお》をおぼえつつ、僕は三人の答えを待つ。淳はこれ見よがしに大きくため息をつくと、「やんなら早くやれよ」と吐き捨てるように言った。

「それじゃあ、えっと……冬本君から診てもいいかな」

引きつった笑みを浮かべながら、僕は淳のベッドに近づく。淳は不満げな表情を浮かべたものの、とりあえずベッドに横になってくれた。

ベッド脇のカーテンを引き、首にかけた聴診器を手に取ると、僕はできるだけ手早く視診、聴診、打診、触診、と一通りの診察を行っていった。

「よし、終わり。それじゃあ今度は君、いいかな?」

数分で淳の診察を終えた僕は、カーテンを開きながら雄一に向かって話しかける。雄一は眼鏡の奥から、訴えかけるような視線を淳に投げかけた。淳は無言のまま小さくうなずく。

この部屋に入ってからわずか十分ほどだが、三人の少年の関係がなんとなく見えてきた。一番年長である淳に、雄一と勝次が付き従っているという構図のようだ。

淳から許可が出たからか、雄一は相変わらず無言のまま教科書を床頭台に置いて、ベッドに横になる。僕は雄一、そして勝次と順に診察を行っていった。

三人の診察を終えた僕は、手にした聴診器を再び首にかけながら大きく息を吐いた。診察を見守っていた鴻ノ池が、声をひそめて訊ねてくる。

「なにかおかしなところありました?」

「いや、特に異常は見つからなかった」

僕も少年たちに聞こえないように、小声でこたえた。

「なにをこそこそ内緒話しているんだよ」

僕たちをにらみながら淳が言う。僕が「いや、ちょっとね……」と言葉を濁すと、淳は皮肉っぽく唇の片端をあげた。

「やっぱり異常なんて見つからなかったんだろ。だから言ったじゃねえかよ」

「そんなこと言っても、この前あなたたち、おかしな症状がでたでしょ」

鴻ノ池はやや苛立ちがまじった口調で言う。しかし、淳は挑発的な笑みを浮かべたまま鼻を鳴らした。

「あんなの、ほっときゃすぐに治ったんだ。それなのに大騒ぎしてよ。馬鹿《ばか》じゃねえの。第一あんたさ、まだ医者の見習いなんだろ。偉そうにすんじゃねえよ、馬鹿が」

悪態をつく淳の前で、鴻ノ池の表情がこわばる。

「診察は終わったから、そろそろ行こう」

不穏な空気を感じ取った僕がうながすと、鴻ノ池は硬い表情で小さくうなずき、出口へと向かった。僕は小さく安堵《あんど》の息を吐き、鴻ノ池のあとに続く。

鴻ノ池が部屋から出る寸前、唐突にベッドから身を乗り出した淳が、鴻ノ池の臀部《でんぶ》に手を伸ばした。その瞬間、正面を向いたまま鴻ノ池は淳の手首を摑んだ。

「な、なんだよ……」

手首を摑まれたまま声を上げる淳を、鴻ノ池は冷たい目で睥睨《へいげい》する。

「毎回毎回触らせるとでも思っているわけ？　今度やったらお金取るよ」

「痛いだろ、離せよ」

鴻ノ池の手を振り払うと、淳はそっぽを向いて大きく舌打ちをした。鴻ノ池は淳から視線を外すと、病室を出る。二人のやりとりを呆然《ぼうぜん》と眺めていた僕も、あわてて足を進めた。

「本当に生意気でしょ！」

ナースステーションに戻ると、鴻ノ池は苛立たしげに言った。

「ま、まあたしかに……」

その剣幕に圧倒された僕が首をすくめると、鴻ノ池は湿った視線を投げかけてきた。

「なんですか、その微妙な反応は？　もしかして、あのくらいのセクハラなら見逃してやれとか思っています？」

「そんなこと誰も言っていないだろ。それにしても、いつもあんな感じなのか、あの子供たち？」

「そうなんですよ。あの淳って子、私だけじゃなくて、若いナースとかにも同じようなことするんです。中学生にもなるとかなり体も大きいでしょ。一年目の気の弱いナースなんかは、あの病室に行くの怖がっちゃって。だからしっかり叱《しか》るようにしているんです。ただでお尻《しり》に触れるなんて思わせないように」

「……いや、そこは金を払ってもだめだろ。けれど、あんまり懲《こ》りてないみたいだな」

「そうなんですよ。大人だったら強制退院させて、下手すれば警察沙汰《ざた》にするようなことですけど、さすがに中学生だとそういうわけにもいかないし……」

「……だよな」

渋い表情のまま首を左右に振る鴻ノ池の前で、僕も腕を組んで口元に力を込める。体は大人に近づきつつも、精神はまだ十分に成長していない中学生という時期は、心身ともに不安定になりやすいうえ、周囲も子供として扱うべきか大人として扱うべきか判断が難しい。

しかもあの淳という少年は、ちょっと話した感じだと、自分がまだ完全に大人としては扱われないということを自覚したうえで、あの態度を取っているような気がした。そうだとしたら、たちの悪いことこのうえない。

「まあ、あの子たちの気持ちも分からなくもないんですけどね」

考え込んでいた僕は、ぼそりとつぶやいた鴻ノ池を見る。

「どういう意味だよ？」

「だって、あれくらいの年齢の男の子って、女の子のことで頭がいっぱいでしょ。そこに私みたいな魅力的な大人の女があらわれたら、ちょっかいかけたくもなっちゃいますよね」

鴻ノ池は右手を後頭部に左手を腰に当てると、芝居じみた仕草で体をくねらせる。

「……ウン、ソウデスネ」

「……なんですか、そのロボットがしゃべっているような感情のこもっていない声は？　悪かったですね、真鶴さんみたいにセクシーじゃなくて」

「な、なんでそこで真鶴さんが出てくるんだよ」

動揺する僕の前で、鴻ノ池の顔にいやらしい笑みが広がっていく。

「私の情報網なめないでくださいよ、いろいろ知っているんですよ」

「なに言っているんだよ。べつに、僕と真鶴さんはなんにもないぞ」声がかすれる。

「あ、もちろんなんにもないのは知っていますよ。ただ、この病院に来てすぐに、小鳥先生が真鶴さんに一目惚《ぼ》れして、そのうえデートに誘おうと……」

僕はあわてて右手で鴻ノ池の口をふさぐ。その瞬間、口を手で覆われた鴻ノ池の目が細くなった。その目つきは明らかに、「また弱み見つけちゃった」と語っていた。

くそっ、どこからそのことを？　ほとんど知る人はいないはずなのに……。

顔を引きつらせる僕の脳裏で、年下上司がにやりと笑う。

……ああ、考えるまでもない。鷹央だ。あの人が鴻ノ池に情報を流したに決まっている。

「と、とりあえず、急変した三人の診察は終わったから、今度は『天使』とかいうのについて調べようかな。それを見たって人に、ちょっと話を聞かせて欲しいんだけど」

鴻ノ池の口から手を離しながら、僕は必死に話題を変えようとする。鴻ノ池の顔から急速に笑みが消えていった。

「話ですか……。それはちょっと難しいかも」

「え？　なんでだよ？　ナースと患者が目撃しているんだろ」

「そのナースは今日は夜勤明けで、いまは勤務していません。それに目撃した子は、少し問題があって……」

鴻ノ池は言葉を濁す。

「問題って、さっきの三人みたいな？」

「いえ、そういうんじゃなくて、病状の方が……」

「……悪いのか？」

「そうなんです。まだ八歳の子なんですけど、末期の白血病で。……いまは緩和治療に入っています」

鴻ノ池は哀《かな》しげに言う。

「そうか……。その子が『天使』を見たって言っているのか」

「ええ、そうなんです。その子、『僕を天国に連れて行ってくれるために、天使がやってきてくれた』って言っていて」

「天国に連れて行く？」

「なにか、その子のお気に入りの絵本に、そういうことが書いてあるみたいです。人生で良いことをしてきた人は、亡《な》くなるときに天使が迎えに来てくれて、天国へ連れて行ってくれるって」

「ああ、そうなんだ。それはなんというか……」

僕はこめかみを掻く。いまの話を聞くと、わずか八歳にしてその子供は、自らの死が近いことを感じているということになる。それがどうにも切なかった。

「だから、その子のお母さんが、『天使』の話を聞くのを嫌がっているんです。それはそうですよね、息子さんの口から『天国へ行く』なんて話、聞きたくないですよね」

「つまり、いまその子の病室には母親がいて、『天使』について話を聞ける雰囲気じゃないってことか」

「ええ、そういうことです。病室を外から覗《のぞ》くぐらいならできますけど、どうします？」

鴻ノ池は廊下を指さす。

「……とりあえず見ておくか」

つぶやいた僕は、鴻ノ池とともに廊下に出た。

「そう言えば、『天使が出る』なんておかしなことが起こっていたのに、今回は鷹央先生に連絡してないんだな」

廊下を進みつつ、僕は隣を歩く鴻ノ池に向かって声をかける。いつもは鷹央の興味をひきそうなネタを見つけたら、嬉々《きき》として情報提供するというのに。

「え？　言いましたよ？」鴻ノ池はあっさりとそう言い放った。

「言った？」

「ええ。五日ぐらい前に、内線電話でそのことを鷹央先生に伝えました」

「それで、鷹央先生の反応は？」

「なんか、最初はかなり食いついてきたんですけど、詳しく話していくうちに急にテンションが下がってきて。最後には『子供のいたずらだろ』って言って話を切り上げられました」

鴻ノ池は上目づかいに、問いかけてくるような視線を投げかけてきた。僕は額に手をやって考え込む。

鷹央がそんな常識的な反応を示すなんて、明らかに異常だ。普段の鷹央なら、「天使を捕まえるぞ」とか言い出して、捕獲道具を抱えて小児科病棟に籠《こ》もりそうなものなのに。

「あ、そこが『天使が現れた』っていう病室です」

鴻ノ池が数メートル先にある個室病室の扉を指さした。

「個室なんだ」

先日、鷹央が訴訟にまき込まれた際に診察した鈴原宗一郎も、この病棟の個室に入院していたが、彼の病室は『コ』の字状になっているこの病棟の廊下の反対側にあって、ここからはかなり離れていた。

「ええ、お母さんが泊まり込めるように個室に入院しています。経済的にはちょっと苦しいらしくて、一番差額ベッド代の安い病室ですけど」

「まあ、子供が末期癌《がん》なら、できるだけ一緒にいたいよな。けどあの病室の隣って……」

自然と鼻の付け根にしわが寄った。

「そう、あの三人の病室の隣なんですよね」

鴻ノ池が唇をゆがめる。『天使が現れた』という病室は、ついさっき診察した三人の少年たちが入院している部屋の隣にあった。

「もしかして、あの中学生たちのいたずらなんじゃないか。その『天使』ってやつ」

「最初は私たちもそう思ったんです。まあ、もしそうなら意味不明なつまらないいたずらですけどね。ただ、『天使』が出現してから三人の急変が続いているんで、ちょっとわけが分からなくなって」

「たしかにわけが分からないな……」

天使の出現と、退院を控えていた少年たちの連続急変。この二つになにか関連はあるのだろうか？

考え込む僕を尻目に、鴻ノ池は病室の扉に近づくと、小さなガラス窓から中を覗き込んだ。

「あ、やっぱりいま話を聞くのは難しそうですね。お母さんいるし、健太君は寝ているみたいだし」

「健太君？」

「ええ、三木健太君。この病室に入院している子の名前ですよ。どうしたんですか、難しい顔して？」

「いや、どこかでその名前を聞いたことがある気が……」

僕は必死に記憶を探る。

「もしかして、救急とかで診察したことあるんですかね？　顔見たら思い出すかもしれませんよ」

鴻ノ池にうながされ、僕は扉の小窓から中を覗き込んだ。

ベッド脇に置かれた椅子《いす》に腰掛けた中年の女性が、ベッドに横たわる少年の顔を愛《いと》おしそうに撫《な》でていた。その少年の頭には、ニューヨークヤンキースの野球帽が被《かぶ》さっている。

頭の中で記憶がはじける。

先月はじめの『甘い毒事件』のとき、鷹央に飛びついてきた少年だ。

「小鳥先生、どうかしました?」

鴻ノ池の問いに、僕は無言のまま唇を噛むことしかできなかった。


「戻りました」

屋上に建つ〝家〟の玄関扉を開け、僕は声を上げる。時刻は午後六時を回っていた。小児科病棟での診察を終えたあと、他の診察依頼があった患者も診てまわり、必要な検査のオーダーなどをしていたので遅くなってしまった。師走《しわす》の気の早い太陽は、すでに地平線の奥へと沈んでいる。間接照明が最低限にしか灯《とも》っていない〝家〟の中は、かなり暗くなっていた。

もともと光に敏感な鷹央はあまり部屋を明るくしないが、普段と比較しても点灯している照明が少ない。部屋に乱立する〝本の樹《き》〟と相まって、夜中の森に迷いこんでしまったような心地になる。

「鷹央先生、いないんですか?」

「……ここにいるぞ」

窓際《まどぎわ》に置かれたソファーから声が上がる。目を凝らすと、ソファーで鷹央が文字通り丸くなっていた。僕が出て行ったときと同じ体勢だ。まさか、この数時間あのまま固まっていたのだろうか？

「どうしたんですか、こんなに暗くして」

「私の目にはこのくらいの照明で十分なんだよ」

鷹央はもぞもぞと動いてソファーに座り直しながら、つまらなそうに言った。なんとなく、昼寝の邪魔をされて不機嫌になっているネコを彷彿《ほうふつ》させる。

「とりあえず、診察依頼のあった患者を一通り診てきました。検査のオーダーも入れておいたんで、あとで確認しておいてください」

「もうした。さっき電子カルテに目を通しておいた。とりあえずあれで問題ない。明日にでもあらためて診察するよ」

「そうですか。よろしくお願いします」

鷹央は気怠《けだる》そうにうなずいた。部屋の中にどこか湿った沈黙が満ちてくる。普段は鷹央自慢のオーディオセットからクラシックやジャズが気にならないほどの音量で流れていることが多いのだが、今日は音楽はかけられていなかった。

「……あの、小児科病棟で急変したっていう三人のこと、いろいろ情報集めてきたんですけど、聞きますか？」

僕がためらいがちに訊《たず》ねると、一瞬表情をこわばらせた鷹央は、かすかにうなずいた。

僕は数時間前に鴻ノ池に聞いた話や、診察した三人の少年の様子を話していく。最初はつまらなそうに聞いていた鷹央だったが、話が進んでいくうちに軽く身を乗り出してきた。どうやら、好奇心が刺激されはじめたらしい。

「こんな感じらしいですけど、なにか分かりました？　三人が急変した理由とか」

「うん、まあいろいろ可能性はあるな」

鷹央は腕を組んで考え込みはじめる。その様子は普段と変わりなく見えた。〝謎《なぞ》〟を前にして、少しずつ調子が戻っているのかもしれない。

僕は鷹央を眺めながら迷う。あの少年のことを鷹央に訊ねるべきだろうか？『天使』が現れたのが、淳たちが入院している病室の隣の部屋だということは説明していたが、そこにあの三木健太という少年が入院していることについては言及していなかった。

「……鷹央先生」

「ん？　なんだ？」

いつもどおりの様子で返事をする鷹央と視線を合わせながら、僕は乾いた口の中を湿らせた。

「その『天使』が現れたっていう病室に入院している男の子、……三木健太君っていうんですけど、鷹央先生、その子の名前に覚えがありませんか？」

「……いや、知らないな」

一瞬口ごもったあと、鷹央は答えた。痛々しいほどにかすれた声で。

「そうですか……」

露骨に視線を外す鷹央に向かって、僕は静かに言う。僕の上司は相変わらず、絶望的なまでに嘘《うそ》をつくのが下手だ。

あの少年と鷹央がどんな関係なのか？　そしてなぜ、小児科病棟にかたくなに行こうとしないのか？　知りたいことはたくさんある。しかし、唇を固く結ぶ鷹央を目《ま》の当たりにして、僕はそれ以上、質問を重ねられなかった。再び室内に湿った沈黙が降りた。

「……小鳥」

今度、先に沈黙を破ったのは鷹央だった。

「はい」

「今日はもう帰っていいぞ」

「……はい」

こんな状態の鷹央を一人で残していいのか分からなかった。けれど、なんと声をかければいいのかも分からない。

ゆっくりと玄関へと向かった僕は、扉を開けながら振り返る。鷹央は再びソファーで丸くなっていた。

「それじゃあ鷹央先生、また明日」

返事はない。僕は後ろ髪を引かれつつ外に出て扉を閉めた。

無力感にさいなまれながら、〝家〟の裏手へと進んでいく。すぐに、豪奢《ごうしゃ》な外観の鷹央の〝家〟とは対照的に、質素な造りの小さな建造物が見えてきた。僕のデスクが置かれているプレハブ小屋だ。

たてつけが悪い扉を開いて小屋の中に入り、蛍光灯を灯した僕は、脱いだ白衣をデスクの上に放ると、椅子に勢いよく腰掛ける。かなり年季の入った椅子は、抗議の声を上げるかのようにぎしりと音を立てた。

背もたれに体重をかけながら目を閉じる。瞼《まぶた》の裏に、三木健太の名前を出した瞬間の、こわばった鷹央の表情が蘇った。この病院に赴任してから半年ほどになるが、あそこまで弱気な鷹央を見たことがなかった。部下として、そして鷹央の数少ない友人の一人として、なにかしたいとは思うが、どうするべきなのかが分からない。そもそも、鷹央がなぜあそこまで落ち込んでいるのか分からないのだ。

「鷹央先生へのクリスマスプレゼント、もう決めましたか？」

数時間前に鴻ノ池から言われた言葉を思い出す。

明日にでも勤務が終わったら、なにか買いに行こうか。鴻ノ池が勘ぐるような関係では決してないが、たしかに普段から鷹央には世話になっている（まあ、それ以上に迷惑をかけられている気もしないでもないが）。日頃のお礼に、クリスマスプレゼントぐらい渡すのも悪くないかもしれない。

そんなことを考えていると、どこか遠慮がちなノックが響いた。僕は目を開けて扉を見る。一瞬、鷹央がやってきたのかと思ったが、すぐに違うと気づく。鷹央ならノックなどせず、勢いよく扉を開けて室内に飛び込んできているはずだ。

「はい、どうぞ」

声をかけると、扉がゆっくりと開きはじめた。その奥に立っていた人物を見て、僕はあわてて椅子から腰を浮かす。

「真鶴さん!?」

そこにいたのは鷹央の姉にして、この天医会総合病院の事務長、天久真鶴だった。普段どおり、モデルのようなほっそりとした長身をスーツで包み込み、姿勢良く立っている。しかし、すれ違った人々を思わず振り返らせるような、薄く化粧がほどこされた整った顔は、今日はどこか哀しげに見えた。

「すみません、小鳥遊先生。お忙しいところにお邪魔して……」

真鶴は弱々しい声で言う。

「いえ、そんなことは。真鶴さんならいつでも……、いや、そうじゃなくて。いまは回診も終わってのんびりしていましたから。えっと……、どうぞ」

僕はしどろもどろになりながら、部屋の隅に置かれた一人がけの古びたソファーを真鶴に勧める。真鶴は「それではお言葉に甘えて」と言うと、部屋に入り、ソファーにゆっくりと腰掛けた。

「すみません、狭いところで」

「いえ、こちらこそ急に押しかけてしまって申し訳ありません」

真鶴は切れ長の目を伏せる。長い睫《まつげ》毛が強調され、胸の奥で心臓が大きく跳ねた。

普段は六百床を超えるこの天医会総合病院の事務長として、凛《りん》とした態度を崩すことのない真鶴の弱々しい姿を前にして、なぜか心臓の鼓動が加速してしまう。真鶴とは比較的よく話をするが、こんなせまい部屋で二人きりになったことはなかった。

「この病院に来てすぐに、小鳥先生が真鶴さんに一目惚れして……」

さっき鴻ノ池に指摘されたことを思い出し、顔がかすかに熱くなる。

「あの、それでどうしたんですか？　こんなところまで来て」

緊張を必死に隠しながら、僕は訊ねる。

真鶴は一瞬、口ごもるような気配を見せるが、すぐに意を決したのか、薔薇色《ばらいろ》の紅がさされた柔らかそうな唇を開いた。

「鷹央のことなんです」

「鷹央先生の？」

「はい、院長の話を聞いたときの鷹央の様子、おかしいと思いませんでした？」

真鶴は身を乗り出すと、すがりつくような視線を向けてくる。

「……思いました」僕は緩んでいた表情を引き締める。「普段の鷹央先生なら、きっと喜び勇んで、小児科病棟で起こっていることについて調べると思います。たとえそれが、嫌っている院長先生からの依頼だとしても」

「そうです。私もそう思っていました。それなのに……。あんまり様子がおかしかったんで、さっき鷹央に話を聞こうとして〝家〟に行ったんです。そうしたらあの子、ダンゴムシみたいに丸くなって、全然元気がなくて。だから、『どうしたの？』って訊《き》いたんですけど、『なんでもない』としかこたえなくて。でも、あの様子は絶対になんでもなくはありません！」

真鶴はソファーから軽く腰を浮かした。よほど妹のことが心配なのだろう。

僕は横目で、窓の外に立つ鷹央の〝家〟に視線を向ける。真鶴に対してそんな態度をとるなんて、かなりの重症だ。鷹央にとって姉の真鶴は、（多少畏《おそ》れてはいるものの）最大の理解者であり、最も頼れる人物のはず。その人を拒絶するなんて……。

「あの、これまで鷹央先生が今回みたいな感じになったことってありませんでした？」

「今回みたいな感じ……ですか？」

僕が訊ねると、真鶴は記憶を探るように、視線を天井あたりに彷徨《さまよ》わせながら、ぼそりと「……シャーロック」とつぶやいた。

「はい？　なにか言いました？」

「あ、すみません。私たちが子供のころ、家でシャーロックっていう名前のラブラドルレトリバーを飼っていたんです」

「はあ……」真鶴がなにを言いたいのか分からず、僕は曖昧《あいまい》にうなずく。

「たしか、鷹央が三歳のころに飼いはじめて、鷹央はすごくシャーロックのことを可愛《かわい》がっていました。けれど、鷹央が中学三年のころ……」

「……亡くなったんですか？」

僕が言葉を引き継ぐと、真鶴はつらそうにうなずいた。

「はい。もう歳《とし》だったんでしかたがなかったんですけど、鷹央はすごく落ち込んで、数日間は部屋にこもって、ほとんど食事も取りませんでした」

「その時と今回の様子が似ていると？」

「いえ、ちょっとそう思っただけです。あのときもあの子、ベッドの上で丸くなって、声をかけてもほとんど生返事でしたから……。すみません、あまり関係ない話ですね」

弱々しい笑みを浮かべる真鶴の前で、僕の頭の中では一つの仮説が固まっていった。

「真鶴さん」

僕が目を見つめながら声をかけると、真鶴はソファーに座ったまま姿勢を正し、「はい」とこたえる。

「少し時間はありますか？　鷹央先生があんな状態になっている原因がわかるかもしれ

ません」

「本当ですか⁉」

真鶴に向かってうなずくと、僕はデスクのうえに置かれた内線電話の受話器を取り、四桁《けた》の院内ポケットベル番号を打ち込む。皮肉なことに、この半年で何度も呼び出すうちに、『あいつ』のポケットベル番号は記憶していた。

受話器を戻すと、わずか十秒ほどでコールバックがあった。相変わらず反応の早い奴《やつ》だ。着信音を立てる内線電話の受話器を顔の横にあてると、テンションの高い声が耳に飛び込んでくる。

「毎度ありがとうございます！　研修医の鴻ノ池でございます。ご注文はなんでしょうか？」

「そば屋の出前か！」

「あ、その声は小鳥先生ですね。なにかご用ですか？」

思わずつっこみを入れてしまった僕に、鴻ノ池は楽しげに訊ねてくる。よくそのテンションを維持して疲れないものだ。

「鴻ノ池、まだ小児科病棟だよな？　そこに熊川先生とかいたりしないか？」

「あ、熊先生ですか。熊先生ならちょうど外来終わって、病棟にあがってきたところですよ」

……あいつ、とうとう小児科の部長までニックネームで呼びはじめやがった。

怖いもの知らずというか、それを許されるキャラクターがすごいというか……。

「えっと、もしよかったら熊せんせ……じゃなかった、熊川先生と電話代わってくれないか」

「え？　電話代わるんですか？　いいですよ。熊せんせー！　統括診断部の小鳥先生からお電話でーす。はい、そうです。私が鷹央先生とくっつけようといろいろ画策している、あの小鳥先生です」

……全部聞こえているぞ。

僕が顔を引きつらせながら待っていると、受話器から野太い声が響いてきた。

「おう、小鳥先生、なんか用かい？」

相変わらずの陽気な調子で小児科部長の熊川は言う。

「先生にちょっとうかがいたいことがありまして……」

「俺に訊きたいこと？」

「ええ……鷹央先生と、いまその病棟に入院している三木健太君についてです。もしかしたら、熊川先生ならなにかご存じじゃないかと思いまして」

受話器から返答は聞こえてこなかった。一瞬回線が切れたのかと思ってしまう。

「あの、熊川先生……」

僕がおずおずと言うと、ようやく熊川の声が聞こえてきた。ついさっきまでとはうってかわって、低く抑えた声が。

「小鳥先生、ちょっと小児科病棟まで降りてこられるかい？　電話でするような話じゃないんだよ」

「ええ、すぐにうかがいます」

僕はそう言って受話器を戻すと、後ろで不安そうな表情を浮かべている真鶴に向き直る。

「真鶴さん、小児科病棟に行きましょう。たぶん、そこでなにか分かると思います」

真鶴は無言のまま、小さくうなずいた。

「おう、小鳥先生。おっと、事務長も一緒ですか」

小児科病棟にはいると、ヒグマのような巨体で、無精ひげの目立つ厳《いか》つい顔をした中年男が待ち構えていた。小児科部長の熊川だ。相変わらず白衣を着ているというのに、北海道のマタギのような雰囲気を醸《かも》し出している。その隣には鴻ノ池が立っていた。

「すみません、熊川先生。私までついてきてしまって」

「いえ、かまいませんよ。というか、鷹ちゃんの身内の事務長にも聞いてもらっておいた方がいいかもしれませんね。とりあえずここじゃなんなんで、ちょっと場所を変えましょう」

熊川は親指で廊下の奥をさすと身を翻《ひるがえ》した。僕たちは熊川のあとについて歩いていく。

「お前もついてくるのかよ」

鴻ノ池の隣に移動した僕は、小声で話しかける。

「当たり前じゃないですか、大切な鷹央先生のことなんですから。それより小鳥先生、なんで真鶴さんと一緒だったんですか？」

「え？　なんでって、真鶴さんが鷹央先生の件で相談に来ていたから……」

いまいち質問の意味が分からず、首をひねると、鴻ノ池は疑わしげに目を細めた。

「本当ですかぁ？　なんか怪しいなぁ。だめですよ、浮気なんかしちゃ。しかも鷹央先生のお姉さんとなんて」

「変な想像するな！　そんなんじゃない」

僕は前を歩く真鶴に聞こえないように注意しながら、抗議の声を上げる。

そんなくだらないやりとりをしているうちに、僕たちは廊下の奥にある『病状説明室』へとやってきた。普段は患者やその家族に病状を説明するために使われている部屋だ。机とパイプ椅子、そして電子カルテだけが置かれた四畳半ほどの殺風景な部屋に入ると、鴻ノ池がいそいそと人数分のパイプ椅子を机の周りに並べていく。

この気遣いとフットワークの良さ、そして人懐《ひとなつ》っこい性格（まあ、僕に対してはちょっと馴《な》れ馴《な》れしすぎるが）がこいつの武器だよな。

「お待たせしましたー、真鶴さん、熊先生、小鳥先生どうぞー」

椅子を並べ終えた鴻ノ池が元気よく言う。

「おう、鴻ちゃん、ありがとな」

熊川は鴻ノ池の頭に分厚い手を乗せながら目を細める。その姿は娘を褒める父親のようだった。完全に籠絡《ろうらく》されている。

熊川と鴻ノ池が並んで座り、机を挟んで対面に僕と真鶴が腰掛ける。熊川は軽く咳払いすると、僕に視線を向けてきた。

「それで、話っていうのは鷹ちゃんと健太君のことについてだったよな」

「はい。今回、鷹央先生がかたくなに小児科病棟に来ようとしないのには、三木健太君がかかわっていると思うんです。いま思うと、この前の鈴原宗一郎君の事件の時も、鷹央先生は健太君の病室がある方の廊下には、極力近づかないようにしていた気がします。鷹央先生を昔から知っていて、さらに小児科部長の熊川先生なら、なにかご存じじゃないかと思いまして」

「……ああ、ご存じだよ」

熊川は重いため息をつくと、話しはじめる。

「俺もうかつだったよ。健太君がかかわっているっていうのに、鷹ちゃんに診察依頼を出すなんてな。うちの病棟でおかしなことが続いたんで、つい焦《あせ》っちまったのかな」

「その三木健太君は鷹央先生とどういう関係なんですか？」

僕が訊ねると、熊川はボリボリと頭を掻きながら「鷹ちゃんの友達だよ」とつぶやいた。

「友達？」

意味が分からず、僕は眉をひそめる。熊川は分厚い唇をゆがめながらうなずいた。

「ああ、そう言えると思う。二年前、研修医だった鷹ちゃんが小児科に回ってきた。そこで健太君が……」

「鷹央先生が研修医だったんですか⁉」

鴻ノ池が甲高い声を上げた。話の腰を折られた熊川は、横目で鴻ノ池をにらむ。

「あっ、すみません。鷹央先生が研修医って、なんだか想像がつかなくて。きっとすごく優秀な研修医だったんでしょうね」

首をすくめながら言う鴻ノ池のセリフを聞いて、部屋にいる他の三人は黙り込む。

「え、どうしたんですか？　みなさん変な顔して黙っちゃって」

鴻ノ池は不安げに僕たちの顔を順番に眺めていった。

鷹央に対してかなり強いあこがれを抱いている鴻ノ池には分からないのかもしれないが、鷹央が『優秀な研修医』だったはずがないのだ。

「鷹ちゃんはね、研修医時代かなり苦労したんだよ。指導医とよくもめたし、患者さんとの接し方もなかなかうまくいかなかったからね」

研修医の時点で、鷹央の医療知識は指導医を遥《はる》かに超越したものだっただろう。そして、鷹央には『指導医をたてる』という発想はできなかったはずだ。きっと、指導医の診断や治療の不備について、まったく遠慮することなく指摘しまくったことだろう。指導医としては面子《メンツ》丸つぶれだ。

先天的に鷹央には『他人の立場に立って考える』という能力が欠落している。さらに相手と自分の相対的な関係を把握することも苦手で、そのせいで敬語を使いこなすことすらできない。それらの代償として、鷹央はあのすさまじいまでの知能を天から授かっているのだ。

「え、え……でも、あれだけ優秀なんだから……」

鴻ノ池は「鷹央が研修医として優秀とは言えなかった」という事実が信じられないらしく、ぱちぱちとまばたきをくり返す。鷹央とは対照的にコミュニケーション能力の高い鴻ノ池には、その能力に問題がある者が、どれだけ医療現場で働くのに苦労するかなかなか理解できないのだろう。医療現場は基本的にチームで治療に当たる。その中で、他人の気持ちを想像できないことは大きなハンデだ。鷹央自身もそのことに悩み、コンプレックスを持っている。部下である僕の主な役目は、そんな鷹央と患者や他のスタッフとの間にクッションとして入って、軋轢《あつれき》を生まないように調整することなのだ。

鷹央の知能は、それを効率よく利用するために前病院長である鷹央の父親が立ち上げたという、『統括診断部』という特殊なシステムがあってはじめて、患者のために利用できているのだ。

「それに鷹央先生、とてつもなく不器用で、採血もまともにできないですからね。手技の習得に苦労したんじゃないですか？」

僕が水を向けると、熊川は渋い表情を浮かべる。

「そうなんだよ。なかなか基本的な手技が身につかないもんだから、それだけで『使えない研修医』って見る奴らもいてさ、鷹ちゃんはかなりつらい思いをしていたんだ」

「そんなのひどいです！　鷹央先生はあんなに優秀なのに」

鴻ノ池が頬を紅潮させながら言う。

たしかに鷹央は飛び抜けて優秀な診断のスペシャリストだ。あれほどの診断医は、世界中探してもそうはいないだろう。しかし、研修医は医師としての基本的な技能と知識を広く浅く持った、ジェネラリストとしての能力がまず求められる。

「それで、三木健太君が鷹央先生の友達っていうのは？」

僕は脱線した話をもとに戻す。

「ああ、まあそんな感じで研修医時代、かなり鷹ちゃんは苦労していたんだよ。特に二年目にうちの科を回ったころには、かなりグロッキーになっていた。そんなときだったよ、健太君が救急にやってきたのは」

熊川は記憶を反芻《はんすう》しているのか、天井あたりに視線をさまよわせながら話しつづける。

「深夜、鼻血が止まらないということで救急受診をして、耳鼻科の当直医に焼却止血してもらったんだ。止血を終え帰宅しようとしていた健太君を、救急当直をしていた鷹ちゃんが、『お前、ちょっとまて』って引きとめた」

「なにかに気づいたんですね？」

鷹央の観察力はずば抜けている。よく、普通なら気にもしないような患者の症状から、診断をくだしている。

「そうだ。半ズボンをはいていた健太君の足に、かすかに紫斑《しはん》が出ていたのに気づいたんだ。すぐに血液検査をして、血小板数が異常に低くなっていることがわかった」

皮下出血により皮膚が紫色に変色する紫斑は、血小板減少などによって出血傾向になっているときに現れやすい。

「入院して血小板減少の原因を探ったところ、骨髄検査で急性リンパ性白血病の診断がつき、すぐに化学療法をすることになった。ちなみに俺が主治医で、鷹ちゃんは研修医として俺の下についていた」

熊川は厳しい表情で説明していく。急性リンパ性白血病は、子供の白血病の大部分を占める。化学療法に反応しやすく、比較的治癒《ちゆ》しやすい血液の悪性腫瘍《しゆよう》だ。

「そこで、鷹央先生と健太君になにかあったんですか？」

鴻ノ池が訊ねると、熊川の表情がわずかに緩んだ。

「なつかれたんだよ」

「はい？」鴻ノ池は不思議そうに小首をかしげた。

「だから、なんでか分からないけれど、健太君が異常なほど鷹ちゃんになついたんだ。なにかというとナースステーションに、『子供の先生、子供の先生』って鷹ちゃんに会いにきてね」

きっと、小柄で童顔の鷹央が医者だというギャップが面白かったんだろうな。

「最初は鷹ちゃん、どう相手すればいいか分からなかったみたいで戸惑っていたけど、なつかれているうちに打ち解けてきてね。鷹ちゃんも時間を見つけては健太君の病室に行って、話をするようになっていった」

「友達になったんですね」鴻ノ池の表情がほころんだ。

「ああ、あれは完全に『友達』だったな。健太君はなかなか好奇心旺盛《おうせい》で、鷹ちゃんが話すいろいろなことを目を輝かせて聞いていた。鷹ちゃんにはそれが嬉《うれ》しかったみたいだね。化学療法がはじまって苦しいときも、健太君は鷹ちゃんが病室に来ると喜んでいたよ」

熊川の目が細くなる。きっと鷹央にとって、三木健太という少年の存在が、研修のつらさをわずかながら癒《い》やしてくれていたのだろう。

「そういえば、化学療法で健太君の髪の毛が抜けてきたとき、鷹ちゃんが野球帽をプレゼントしていたね。いまも健太君にとって宝物みたいだ」

僕は健太が被っていたニューヨークヤンキースの野球帽を思い出す。

「うちでの研修が終わった後も、鷹ちゃんはよく健太君に会いに病棟に来ていたよ。そして、健太君は化学療法がよく効いて、順調に完全寛解になって退院していった。けれど……」

口ごもった熊川の顔に、暗い影が差す。

完全寛解とは、血液や骨髄から白血病細胞が検出されなくなった状態のことをいう。小児の白血病では、化学療法により大多数がこの完全寛解まで持っていくことができる。

「けれど、……再発したんですね？」

僕が固い口調で訊ねると、熊川は力なく首を縦に振った。

「ああ、今年一月の定期検査で、血小板の減少と軽い貧血が認められて、入院して検査することになった。骨髄検査をしたところ白血病細胞を認め、白血病の再発と診断された。入院後、化学療法への反応が悪かったんで、母親をドナーにした骨髄移植を行った。けれど、それで一時的にまた寛解状態まで持っていけたんだが、先月はじめの検査でまた再発が確認され、いまは白血病細胞の増殖を抑えられない状態だ。ご両親にそのことを伝え、積極的な治療から緩和療法に移行している」

『甘い毒事件』の際、僕と鷹央は健太に会っている。あのときすでに、健太の体内では白血病が再発していたのだろう。記憶を探っている僕の前で、熊川は暗い声で話を続ける。

「できるだけ家で過ごさせてあげたいっていうことで、在宅治療で頑張ってきたんだけど、今月の七日に軽い肺炎を起こして入院している。白血病の悪化で免疫《めんえき》機能が落ちているんだ。抗生剤の投与ですぐに肺炎は改善して、いまのところ小康状態を保っているけれど、いつ急変してもおかしくない」

熊川はそこまで言うと、口を固く結んだ。部屋の中に沈黙がおりる。

三木健太が、かつて『友達』だった少年がそのような状態になっていることを、鷹央は間違いなく知っている。『甘い毒事件』の際、鷹央が健太の電子カルテを開いているところを僕は目撃していた。きっとあれから、健太の病状を定期的に確認していたのだろう。

「じゃあ、鷹央先生が今回の件を調べたがらないのって……」

鴻ノ池はおそるおそる沈黙を破ると、熊川はぼりぼりと頭を掻いた。

「ああ、健太君に会うのがつらいんだろうな」

「鷹央……」

真鶴が発した哀《かな》しげなつぶやきが、やけに大きく僕の耳に響いた。


病状説明室で鷹央と健太の関係を聞いた僕たちは、どこか沈んだ雰囲気のままナースステーションに戻っていた。

「あの三人の診察依頼、取り下げましょうか？」

僕と熊川の顔を上目遣いに見ながら鴻ノ池が言うと、真鶴が固い表情で首を左右に振った。

「それはだめです。この問題は小児科からだけでなく、病院の評判を落としかねない事態ということで叔父……院長も、直接鷹央に診察依頼をしています。もし鷹央が依頼を受けなかったとなると、院長はそのことを問題にするかもしれません」

鷹央と敵対している院長は、常に統括診断部を潰《つぶ》し、鷹央をこの病院から追い出すことを考えている。そんな院長に追及の材料を与えることは、たしかに避けたかった。

「でも……」

反論しようとする鴻ノ池に向かって、真鶴は笑みを浮かべる。どこまでも哀しげな笑みを。

「鷹央は医師で、統括診断部の部長でもあるんです。これはあの子自身が選んだ道です。

どんな理由があっても、医師としての仕事を投げ出すことは許されません」

真鶴はかすれた声で言いながら、両手を強く握り込む。その様子からは、彼女が妹のことをどれほど心配しているかが痛いほどに伝わってきた。鴻ノ池はうつむいて黙り込む。

「……たしか明日から、健太君は外泊する予定だ」

ぼそりと熊川がつぶやく。うつむいていた真鶴と鴻ノ池が顔をあげた。

「肺炎は完全に治癒して、かなり体調はいいんで、できるだけ家に帰してあげたいとご両親が希望しているんだ。可能ならクリスマスは家で過ごしたいってね。昼前には病院を出るはずだ」

「それじゃあ、その時に……」

声を上げた僕に向かって熊川はうなずく。

「ああ、その時を狙《ねら》って鷹ちゃんにここに来てもらって、あの急変した三人を診察してもらえばいい。それならきっと、鷹ちゃんも来てくれるだろ」

たしかに、それなら鷹央も小児科病棟に来ることができるだろう。けれど、それでいいのだろうか？

医師をやっている限り、『死』は常に間近にある。たしかに統括診断部は診断をくだすことが主な業務で、治療にはあまりかかわらないため、患者の『死』に立ち会うことは多くはない。しかしそれでも、医師という仕事は常に患者の『死』と接していかなければならないのだ。それを避けていては、いくら最高の医学知識を持っていたとしても、鷹央は本当の『医師』にはなれないんじゃないか？

ふと見ると、真鶴も困惑の表情を浮かべていた。おそらくは僕と同じようなことを考えているのだろう。

「それじゃあ小鳥先生、明日の昼から健太君が外泊することを、鷹ちゃんにそれとなく伝えてくれるかな？」

僕と真鶴の逡巡《しゅんじゅん》に気づくことなく、熊川が言う。僕は「……はい」とためらいながらうなずいた。その時、ナースステーションに中年の医師が入ってきた。たしか循環器内科の医師だ。

「あ、どうも熊川先生。ちょうどよかった」循環器内科医は熊川に会釈《えしやく》する。

「おう、山田先生。どうかしたかい」

熊川が軽く手をあげて挨拶《あいさつ》を返すと、山田と呼ばれた医師は近づいて来た。

「この病棟に入院させていただいている冬本淳君ですけど、とりあえず明後日に退院の予定にします」

「えっ⁉」熊川と僕、そして鴻ノ池の声が重なる。

「どうかしました？　そんなに驚いて」

「いや、淳君はこの前急変して、まだ原因も分かっていないんじゃなかったっけ?」

熊川が早口で言うと、山田は芝居じみた仕草で肩をすくめる。

「いやあ、急変っていっても、胸にちょっと違和感があったくらいですよ。カテーテルアブレーションの術後であることを考えれば、それほどおかしなことじゃありません」

「けれど、不整脈が出ていたんだろ?」

「ナースはそう言っていますけど、べつにその時に心電図をとっていたわけではないですからね。もしかしたら、焦ったナースが勘違いしただけかも。そのあとは、ずっと心電図モニターをつけていますけど、異常はないですから」

山田は軽い口調で言う。

「いや、それだけじゃあ……、退院してから異常が出る可能性も……」

熊川の厳つい顔に戸惑いが浮かぶ。

「もちろん、なにもしないで退院させるわけではないですよ。明日の昼からホルター心電図をやって、それで問題ないことを確認してから退院させます。もう淳君のご両親にも連絡して、了解をとっています」

自分の担当患者について口出しされることが不快なのか、山田の口調にかすかに苛立《いらだ》ちがまざる。ホルター心電図とは、小型の心電図計を装着したまま二十四時間生活し、その間に不整脈など心臓に異常が出ていないか調べる検査だった。

「それじゃあ失礼します」

山田は強引に話を切り上げると、ナースステーションから出て行き、廊下の奥へと歩いて行く。おそらくは淳本人に退院のことを伝えにいくのだろう。

二十四時間心電図を調べたうえで、異常がなければ退院させる。普通ならそれは妥当な判断なのだろう。同じ病室の患者たちが、続けざまにおかしな症状を起こしているという状況でなければ……。

「……まあ、退院が明後日なら、明日は診察できるな」

気を取り直すように熊川が言う。たしかに診察はできるだろうが、もしかしたら診断をくだすのに検査が必要になる可能性もある。明後日退院となると、十分な検査ができないかもしれない。

僕がそんなことを考えていると、病棟に中年女性が入ってきて、ナースステーションの前を通り過ぎようとした。その女性には見覚えがあった。たしか、三木健太の母親だ。

「あ、景子さん」

熊川が健太の母親に声をかける。どうやら三木景子という名前らしい。彼女は足を止めると、こちらに向かって会釈をしてきた。

「あっ、熊川先生。ちょっと食事をとりに行っていまして……。健太になにかありましたか？」

景子は不安そうに訊ねる。

「いえ、そういうわけじゃないんです。明日の外泊ですけど、予定どおり昼前に帰られる予定ですか？」

「はい、その予定です」

「承知しました。健太君、おうちでゆっくりできるといいですね」

熊川の言葉に、景子は弱々しくうなずいた。次の瞬間、景子の視線が僕の顔をとらえた。濃いくまに縁取られたその目が、いぶかしげに細められる。

「あの、……もし間違っていたら申し訳ないんですが、先月、天久鷹央先生と一緒にいらっしゃった先生じゃないですか？」

「あ、はい。天久先生と同じ統括診断部の医師で、小鳥遊といいます」

僕がそう答えると、唐突に景子は身を乗り出してきた。

「あの、天久先生にここに来ていただくわけにはいかないでしょうか？　息子が天久先生と会いたいと言っているんです」

僕は言葉に詰まる。そんな僕を見て、景子の顔に失望の色が浮かんだ。

「すみません、無理を言って……。たくさんの患者さんを診ているのに、そんな特別扱いをしていただくわけにはいきませんよね……」

「いえ、そういうわけでは……、ただ、ちょっと天久先生は体調がすぐれないというか

「……」

しどろもどろで言う僕に頭を下げると、景子はとぼとぼと廊下を歩きはじめる。その時、廊下の奥から声が響いた。

「ちょっと待ってくれよ。本当に退院して大丈夫なのかよ？」

怒鳴るような声。視線を向けると、廊下の奥で冬本淳が主治医である山田につっかかっていた。

「もう中学生なんだから、大きな声だしちゃだめだよ。退院しても大丈夫かどうかは、明日やる心電図の検査で決めるって言っているだろ」

すでに廊下を歩き出している山田は、「話は終わりだ」とでも言うようにかぶりを振る。そんな山田に、病室から出て来た淳はさらに食い下がろうとした。しかし、二、三歩進んだところで、表情をこわばらせ足を止める。淳の視線の先には景子がいた。歯を食いしばり、目尻をつり上げて淳をにらむ景子が。

景子からはついさっきまでの弱々しい雰囲気は消え去り、殺気すらこもっていそうな鋭い視線を淳に浴びせかけている。その態度の変化に面食らってしまう。

淳はうつむくと、逃げるように自らの病室へ戻っていった。

「……熊川先生。やっぱり病室は代えられないんですか？」

淳が消えていった病室の入り口に鋭い視線を注いだまま、景子は低い声で言う。

「ご家族も泊まることができる病室は、いま健太君が使っているあの部屋だけしか空いていないんです」

　さとすような口調でこたえた熊川を、景子は横目でにらむ。

「それじゃあ、前もお願いしたように、あの子供たちをもっと遠くの病室に移してください！」

　景子は「あの子供たち」という言葉を吐き捨てるように言う。おそらく淳たち三人のことだろう。

「申し訳ありませんが、それも難しいんです。いまはほとんどの病室に空きがないのと、重症だったり急変する危険性が高い子供たちは、なるべくナースステーションの近くに入院させておかないといけないので」

　景子を刺激しないようにか、熊川の口調はゆっくりとしたものだった。景子の口から歯ぎしりの音が響く。

「けど、あの子供たちが隣の部屋にいることを、健太は不安がっているんです！　いまだにあの子供たちにからかわれたことにショックを受けています。それに気に入っていた絵本まで……」

　そこまで言ったところで、景子は口元を手で覆って声を詰まらせる。熊川がナースステーションを出て景子に寄り添い、なにか一言二言声をかけた。景子は口元を押さえたまま、力なくうなずいた。

　気丈に振る舞ってはいるが、もうすぐ愛する息子が逝《い》ってしまうという事実に押しつぶされてしまいそうなのだろう。感情的になるのもしかたがない。けれど、いったい……。

「いったい、淳君は健太君になにをしたんだよ？」

　僕は声を抑えながら、隣に立つ鴻ノ池に訊ねる。鴻ノ池は渋い表情を浮かべると、廊下を挟んでナースステーションの対面にある、プレイルームを指さした。入院している子供たちの遊び場として、おもちゃや本などが置かれた空間だ。

「健太君が入院して何日かして、肺炎も落ち着いてきたんで、そこのプレイルームで遊んでいたんですよ。そうしたら、そこにやってきた淳君たち三人がふざけて、健太君の被っていた野球帽を取ったんです」

　僕は頬のあたりの筋肉が引きつるのを感じた。三木健太は白血病が再発してから、かなりの強度の化学療法を受けているはずだ。当然、その副作用で……。

「健太君、化学療法で髪の毛が抜けているじゃないですか。それを見て三人が、『こいつ子供なのに禿《は》げてる！』って、笑いながら騒ぎ出しちゃって……」

　子供ならではの残酷な行動に、言葉が見つからなかった。真鶴も片手を口元に当てて、眉を八の字にしている。

「ちょっと遅れてプレイルームに来た景子さんが、それを見て大声出しちゃって、かなりの騒ぎになったんです」

鴻ノ池は大きなため息をつきながらつけ足した。

「なるほどな。……あと、絵本の話っていうのは？」

「それは、その騒ぎの三日ぐらいあとのことです。健太君とお母さんが検査で病室を空けている間に、健太君お気に入りの絵本がなくなったんです」

「もう八歳なのに、絵本なんて読むんだな」

「なんか、昔からのお気に入りの絵本らしいです。最初に白血病になったときに、お母さんに買ってもらったらしくて」

「そうなのか。けど、それってたんになくしただけなんじゃ……」

「違うんです」鴻ノ池は首を左右に振る。「次の日、ばらばらに切り裂かれた絵本が、プレイルームのゴミ箱から見つかったんです」

「ばらばらに……」僕は絶句する。

「ええ、私も見ましたけど、カッターかなにかでばらばらに切られていました。……ちょっと異常でしたよ」

その時のことを思い出したのか、鴻ノ池は小さく身を震わせた。

「それもあの三人の中学生が？」

「証拠はありませんけど、間違いないと思います。それで健太君のお母さん、かなり神経質になっちゃって、あの三人と部屋を離してくれって……。まあ、当然ですよね」

鴻ノ池はナースステーションの外に視線を向ける。熊川に付き添われた景子が、息子が入院する病室に向かってゆっくりと歩きだしていた。

いじめられた少年の部屋に現れた天使、そしていじめていた中学生たちの急変。これはどういうことなのだろうか？

「あの、心配なんで、私もちょっと健太君の病室に行ってきますね。小鳥先生、真鶴さん、失礼します」

鴻ノ池はそう言い残すと、小走りにナースステーションから出ていった。あとに残された僕と真鶴の間に、湿った沈黙が満ちてくる。

わけの分からないことになっている。鷹央があんな状態で、この小児病棟で起こっていることを解明などできるのだろうか？

不安が胸の中で膨らみ続けていた。

数メートル先を、鷹央がきょろきょろと神経質に周囲を見回しながら進んでいく。まるで天敵に襲われることを警戒している小動物のようなその姿を眺めながら、僕は不安いっぱいにあとについていく。

熊川から鷹央と健太の関係を聞いた翌日の昼下がり、午前の外来を終えた僕たちは、小児科病棟へと向かっていた。今日の午前中に僕がさりげなく、「そういえば今日、天使が現れたっていう病室の子が外泊に出るらしいんです。ちょうどいいからその部屋と、急変した少年たちを見にいきませんか？」と誘ってみた。鷹央は最初はあまり乗り気ではなかったが、さすがにこのまま今回の事態を放置するわけにはいかないと思ったのか、診察に行くことを了解した。

しかし、エレベーターで小児科病棟のある七階に来てからというもの、鷹央は挙動不審になり、なかなか小児科病棟へ入ろうとしない。

ああ、まどろっこしい。僕は鷹央の前に出て大股《おおまた》に歩き出す。

「あ、ちょっと待て。そんなに早く行くな」

背後から焦《あせ》りを含んだ鷹央の声が聞こえてくるが、僕は聞こえないふりをして小児科病棟へと入る。一人にされるのが不安なのか、鷹央もすぐ後ろをついてきた。

「あ、鷹央先生！　こんにちはー」

甲高い声をあげながら、ナースステーションから鴻ノ池が出てくる。

「……おう」

鷹央は僕の背中に隠れるようにしながら、小さく挨拶を返す。そんな鷹央の様子を見て、鴻ノ池の表情が曇った。

僕はかるくあごをしゃくって、視線で鴻ノ池に健太がすでに外泊に出ていることを確認する。すぐに僕の意図を察した鴻ノ池が、小さくうなずいた。

「急変した子供たちの部屋はこの奥です。行きましょう」

僕がふり返りながら言うと、鷹央はおずおずとあごを引く。『借りてきた猫』ってこういうことを言うんだろうな。普段の鷹揚《おうよう》な態度とはあまりにもかけ離れた鷹央の様子に、僕はそんなことを考えながら廊下を進んで行く。なぜか鴻ノ池までついてきた。

「そこが急変した三人の……」

冬本淳たち三人の病室の前にやってきた僕がそう言うと、背後から聞こえていた鷹央のサンダルの足音が消えた。ふり返ると、鷹央は三木健太の病室の前で立ち止まり、扉に取り付けられたガラス窓から中を覗《のぞ》き込んでいた。

「……そこが天使が現れたっていう病室です。調べますか？」

鷹央は数秒の沈黙のあと小さな声で「うん」とこたえる。しかし、その手が引き戸のノブに伸びることはなかった。僕は無言のまま扉を開く。鷹央の体がびくりと震えた。

「行きましょう」

うながすと、鷹央は枷《かせ》がつけられているかのような重い足取りで病室へと入る。僕と鴻ノ池も鷹央とともに扉をくぐった。

六畳ほどの小さな個室病室。ベッド脇《わき》の床頭台にはマンガやゲーム機とともに、写真が何枚か飾られていた。それらの写真のほとんどが家族写真のようだった。写真の中心には、野球帽をかぶった笑顔の少年が写っている。

写真を眺める鷹央の表情は、微笑《ほほえ》んでいるように見えると同時に、いまにも泣き出しそうにも見えた。

「……『天使』が現れたのはどのあたりだ？」
二、三分写真に視線を注ぎ続けたあと、鷹央はぼそりと言った。
「え、ああ、そこの壁あたりらしいです。そこに光が浮かび上がって、その中に羽の生えた人影が見えたって」

鴻ノ池が部屋の側面の壁を指さす。

「それは、健……この病室に入院している子供だけじゃなく、ナースも目撃しているんだな？」

「はい、一回だけで、しかも病室の外からだったんではっきりしないですけど、そんな感じのものを見たらしいです」

「そうか……」鷹央はつぶやくと、部屋から出ようとする。

「え？　この部屋はもう調べないんですか？」

僕が訊ねると、部屋から出た鷹央は「ああ、もう十分だ」とうなずき、迷うことなく隣の病室へと向かっていく。

僕と鴻ノ池も部屋から出る。その時、十メートルほど先のナースステーションから熊川が顔をだし、「おーい、鴻ちゃーん」と鴻ノ池を呼んだ。

「あ、呼ばれちゃいました。ちょっと戻りますね」

鴻ノ池は小走りにナースステーションに戻っていく。鴻ノ池を見送った僕は、冬本淳たち三人の問題児が入院している病室に入った。

「……鷹央先生？」

部屋の中を見て、僕は目をしばたたかせる。てっきり淳たちの診察をはじめていると思っていた鷹央は、なぜか病室の奥の窓を大きく開き、外を眺めていた。

「おい、あいつなんなんだよ。急に入ってきて……」

ベッドの上であぐらをかいている淳が、困惑の表情を浮かべながら鷹央を指さす。はだけた入院着から見える胸元に、赤色の電極が付いているのが見えた。すでに二十四時間のホルター心電図検査をはじめているらしい。

「うちの科の部長だよ。君たちにおかしな症状が出た原因を調べにきたんだ」

「部長？　あいつが？」

自分よりも明らかに小柄な鷹央を見ながら、淳は眉根を寄せる。雄一と勝次も同じような表情を浮かべ、鷹央を眺めていた。

「鷹央先生、なにしているんですか？」

僕が近づくと、窓から冷たい風が吹き込んできて、鷹央のややウェーブのかかった黒髪を揺らした。

「外を見ているんだよ」

目を細くした鷹央は、転落防止用の柵《さく》がついた窓の外を眺めたまま答える。

「いや、それは見たら分かりますけど……」

「なにやってんだよ、お前ら。俺たちの部屋に来てさ」

鷹央の突飛な行動に不安をおぼえたのか、ベッドからおりた淳が詰め寄ってくる。

「お前らが健太をいじめたって奴らか……」

鷹央は淳を見ることなく、ぼそりと独り言のように言った。

淳たちが健太になにをしたかは、今朝鷹央に教えていた。伝えるべきかどうか迷ったのだが、今回の事件に関係している可能性もあるので、言わないわけにはいかなかったのだ。淳たち三人の顔に、動揺が走る。

「……なんのことだよ。誰だよ、その健太ってやつ？」

淳はかすれた声を絞り出す。その瞬間、鷹央はぐるりと首を回して、三人の少年を順番に眺めていった。その顔は、まるで能面でも着けているかのように無表情だった。

異様な雰囲気の鷹央に圧倒されたのか、三人の少年は口をつぐんだまま固まる。

「……分からないなら、それでいい」

抑揚のない声でつぶやくと、鷹央はゆっくりと出口へと向かって歩き出す。

「ちょ、鷹央先生」

廊下に出た鷹央に、小走りで追いついた僕は声をかける。鷹央は足を止めると、「なんだよ」と面倒くさそうに僕を見上げた。

「なんだよって、診察はしないんですか？」

「診察なら、昨日お前がやって異常なかったんだろ。これまでの検査結果にも目は通してある」

「いや、たしかにそうですけど。それじゃあ、なんでこの病棟に来たんですか？」

「……たしかめたいことがあったんだよ」

鷹央は視線を僕から、すぐそばにある三木健太の病室へ移す。

「……もしかして鷹央先生、この病棟でなにが起きているのか、目星がついていたりします？」

僕は声のトーンを落として訊《たず》ねる。しかし、鷹央はまるで僕の質問が聞こえていないかのように、健太の病室を眺め続けていた。

「鷹央先生、分かっているなら教えてください。やっぱり、『天使』っていうのはいたずらなんですか？　それに、あの三人が急変したのは偶然じゃないんですか？　誰かがあの三人になにかしたんですか？」

鷹央の態度に、思わず声が大きくなってしまう。そのとき、パタパタという足音が聞こえて来た。そちらに視線を向けると、表情をこわばらせた鴻ノ池が駆けてきていた。鴻ノ池は僕に近づくと、「ちょっと耳かしてください」と言って、白衣の肩口を摑《つか》んで引っ張る。あまりにも乱暴な行動に文句を言おうと口を開きかけた僕の耳元で、鴻ノ池が囁《ささや》いた。

「健太君が帰ってきます」

僕は目を見開いて鴻ノ池を凝視すると、声を出さず口を「なんで？」と動かした。

「家に帰ったあと軽く発熱したらしいんです。それで念のため、もうすぐお母さんと一緒に病院に戻ってきます」

再び鴻ノ池は耳打ちしてくる。

「お前たち、なにをこそこそ内緒話してるんだ？」

鷹央がいぶかしげに眉《まゆ》をひそめた。そんな鷹央を前にして僕は迷う。このまま この病棟にいれば、鷹央と健太が鉢合わせしてしまう。しかし、それでいいのではないか？顔を合わせないまま健太が逝ってしまったら、きっと鷹央は強く後悔するはずだ。それなら多少強引でも、二人を会わせてしまった方が……。

いや、だめだ！　僕は首を振って頭に湧《わ》いた考えを振り払った。いつもいとも簡単に〝謎《なぞ》〟を解いていくから忘れがちだが、鷹央は予想外の事態に遭遇すると、すぐにパニックになるのだ。心の準備なく健太と会ったりしたら、どんな行動を取るか分からない。場合によっては、鷹央と健太の両者が傷つくような事態に陥るかもしれない。

「鷹央先生、〝家〟に戻りましょう！」

「は？　どうしたんだよ、急に？」鷹央は小首をかしげる。

「ちょっと用事を思い出したんですよ。とりあえず戻りましょう」

「なんだよ、そんなに焦って。腹でも下したのか？　それなら一人でトイレに……」

「いいから行きますよ」

僕は有無を言わせず、鷹央の細い手首を握る。

「わっ、急に摑むなよ。痛いだろ。わかった、戻ればいいんだろ。この馬鹿力《ばかぢから》が……。あ、こら、引っ張るな」

文句を言う鷹央を引きずるようにしながら、僕は廊下を戻りはじめる。ナースステーションの前を通過し病棟から出る寸前で、僕は足を止め、体を震わせた。

「あっ、子供の先生だ！」

正面から明るい声がぶつかってくる。エレベーターから母親とともに降りてきた、ニューヨークヤンキースの野球帽を被った少年が上げた声。

僕がおそるおそるふり返ると、鷹央は固まっていた。

三木健太はややおぼつかない足取りで廊下を走ってくると、鷹央の前で止まる。その顔色は痛々しいほど蒼白《あおじろ》かったが、興奮のためか頬にだけわずかに朱がさしていた。

「け、健太……」

鷹央はいまにも泣き出しそうな表情で、助けを求めるように僕に視線を送ってくる。しかし、もはや僕にもどうしていいか分からなかった。次の瞬間、健太は鷹央に抱きついた。

「やっぱり会いに来てくれた……」

鷹央の着ている手術着の胸元に頬をつけながら、健太は心から嬉しそうに言う。鷹央は一瞬、健太の頭を撫《な》でるように手を持ち上げるが、その手は野球帽に包まれた頭に触れる寸前で止まった。

「私は……、私は……」

鷹央は酸欠の金魚のように、口をぱくぱくと動かす。その姿は痛々しくさえあった。

「健太、もう小学生なんだから抱きついたりしちゃだめでしょ」

遅れてやってきた三木景子が、微笑みながら息子をたしなめる。健太は少々不満げに、「はーい」と返事をしながら鷹央から離れる。

「ねえ、子供の先生、見て。なくしちゃった絵本を買ってもらったの」

健太はそう言うと、景子から一冊の本を受け取って、鷹央の前に掲げた。その表紙には『てんしのよる』の文字がおどり、可愛《かわい》らしい少女とその母親らしき女性の二人が寄り添うようにして、黄色い光の中に浮かび上がる羽の生えた人影を見上げていた。おそらく、あの人影が『天使』なのだろう。

「あとでこれ、一緒に読もうよ」

健太から屈託のない笑みを向けられた鷹央の足が細かく震えはじめた。その震えは足から体、そして頭へと広がっていく。半開きの口から「あ、あ……」とうめくような声が漏れる。

次の瞬間、鷹央は走り出した。目の前に立つ健太の脇をすり抜けた鷹央は、ぎこちない走り方でエレベーターホールへ向かう。

僕はおもわず「あっ」と声を上げる。おそろしいほど運動神経の鈍い鷹央は、普通に歩いているときでさえよく転ぶ。それなのに全力疾走なんてしたら……。

僕の心配どおり、鷹央はエレベーターホールで一度足をもつれさせると、勢いよく床とキスをした。一瞬、倒れたまま動かなくなった鷹央だったが、すぐに両手をついて立ち上がると、二、三度頭を振ったあと、ふらふらとした足取りでエレベーターホールの奥にある階段へと消えていった。

あまりにも唐突な鷹央の行動に、誰もが啞然《あぜん》として立ち尽くす。

「子供の……先生……？」

鷹央が消えていった階段を見つめながら、健太がぼそりとつぶやいた。次第にその顔がゆがんでいく。そんな息子の様子を見て、景子は哀しげに鼻の付け根にしわを寄せた。

僕は片手で顔を覆《おお》う。予想していた最悪の結果になってしまった。

「子供の先生、僕のこと忘れちゃったの……？」

絵本を手にしたまま、健太は唇をへの字にしてうつむいた。その様子は迷子になった子供のようで、胸が締めつけられる。

「そんなことないよ！」

僕はあわてて声を張り上げる。健太は顔をあげ、潤《うる》んだ目で僕を見てきた。

「おじさんは……」

お、おじ……!?

「えっとね、お兄さんは子供の先生、鷹央先生のお友達なんだ。鷹央先生は健太君のことを忘れてなんかいないよ」

僕は膝《ひざ》をついて健太と同じ目線の高さになると、野球帽に包まれた頭を撫でる。

「本当に？ それじゃあなんで子供の先生、どこかに行っちゃったの……？」

健太のすがりつくような視線に、僕はうろたえる。すぐそばに立つ鴻ノ池が視線で「どうするんですか？」と訊ねてきた。

「鷹央先生は……鷹央先生は……お腹《なか》が痛かったんだよ！」

僕はなかばやけになりながら声を張る。健太は不思議そうに、「お腹が？」と首をかしげた。

「そうなんだ。鷹央先生はね、さっきからずっとお腹が痛くて、何度もトイレに行っているんだ」

「だから走って行ったの？」

「そう、だから走って行ったんだよ。トイレにね」

「それじゃあ、すぐに戻ってくるの？」

健太の質問に僕は言葉に詰まる。

「え、えっとね、鷹央先生のお腹の調子は本当に悪くて、今日はずっとトイレに籠《こ》もっていないといけないかもしれないんだ。ただ……、ただ絶対に健太君には会いにくるからね」

「本当？」

健太の顔がぱあっと輝いた。僕は一瞬の躊躇《ちゅうちょ》のあと力強くうなずく。

「ああ、本当だよ。そうしたら、きっとその絵本読んでくれるよ」

僕は絵本に視線を落とす。健太はどこか誇らしげにその絵本を掲げた。

「この天使ね、本当にいるんだよ」

健太が『天使』という単語を放った瞬間、緩んでいたあたりの空気が再びこわばった。

「そ、そうなんだ。天使がいるんだ」

「うん、僕見たんだ。天使が夜、僕の部屋にいるの。きっといじめっ子から守ってくれたりしてるんだよ」

引きつった笑顔を浮かべる僕の前で、健太は満面の笑みを浮かべて話し続ける。

「あの天使が僕を天国に連れて行ってくれるんだ」

そのセリフを聞いて、僕は言葉が継げなくなる。わずか八歳にして末期の白血病に冒された少年。彼は自分に残された時間が少ないことを、どれだけ理解しているのだろう？　もしかしたら、周りの大人よりもはるかに彼の方が、『死』を受けいれているのかもしれない。

次の瞬間、唐突に景子が息子を抱きしめた。

「お母さん？」

自分の首筋に顔をうずめて体を震わせる母親に、健太は不思議そうに声をかける。

「天使なんていないの！　きっとあなたの見間違いなの！」

震える声で、景子は叫ぶように言った。一瞬きょとんとした表情を浮かべた健太の顔が、次第にゆがんでいく。

「そんなことないよ、僕見たんだもん！」

「だから見間違いなの！　天使なんていない。誰もあなたを連れて行ったりしないの。だからそんなこと言わないで」

肩を震わせながら景子は懇願するように言う。健太は「でも僕、本当に見た……」と目に涙を浮かべながらつぶやいた。

この状況はよくない。健太にとっても景子にとっても。そう思った僕が口を開きかけると、熊川が二人に寄り添い、景子の背中に手を添えた。

「三木さん、疲れているでしょう。少し病室で休んでください。きっと健太君も休んだ方がいい」

その外見に似合わない優しい口調で言う熊川に、景子は力なくうなずく。その時、僕はふと視界の隅に違和感をおぼえ、廊下の先に顔を向けた。

一人の少年が、病室の入り口から顔を半分だけ出して、無表情でこちらを見ていた。冬本淳。健太をいじめ、そして急変した少年。

僕と視線が合った淳は、目を伏せると病室の中に戻っていった。

いったいあの少年はなにを……？　胸の中でわき上がる不安を感じながら、僕は熊川にうながされて病室へと向かう親子を見送った。


「鷹央先生、入りますよ」

扉をゆっくりと開いた僕は、〝本の樹〟が生い茂る空間を見回す。昼だというのに、遮光カーテンがしっかりと閉じられた室内は暗かった。

健太と話した十数分後、僕は屋上の〝家〟へとやってきていた。

僕は目を凝らしながら鷹央を探す。しかし、定位置であるソファーの上や、パソコンや電子カルテが置かれたデスクの前には、その姿はなかった。

「鷹央先生、いないんですか」

部屋の隅々を見渡しながら、僕は声を上げる。しかし返事はなかった。鷹央が逃げ込むとしたらこの〝家〟しかないはずだけれど。僕は部屋の奥にある扉に視線を向ける。もしかしたら、このリビングではなく、あの扉の向こう側にあるプライベートスペースへ逃げ込んだのだろうか？　だとすると面倒だ。「入ったら殺す」と釘《くぎ》をさされているしなぁ……。

悩む僕の鼓膜を、かすかな息づかいの音が揺らした。かなり近くから聞こえる音。僕はその場にしゃがみ込む。部屋の中央に鎮座するグランドピアノの下に人影が丸まっているのが、〝本の樹〟の隙間《すきま》を通して見えた。

……ネコみたいな場所に隠れてるな。

呆《あき》れながら、立ち並ぶ〝本の樹〟を迂回《うかい》してグランドピアノに近づいた僕は、しゃがみこんでその下を覗き込んだ。

「そんなところで、なにダンゴムシのまねごとしているんですか？」

「……やっちまった」

丸まったまま、耳をすまさなければ聞こえないほど小さな声で鷹央はつぶやいた。

「ええ、やっちゃいましたね」

「……あんなことするつもりはなかったんだ。ただ、頭が真っ白になって……、気づいたら……」

鷹央の声は次第に小さくなっていき、ついには聞こえなくなる。

僕は黙ったまま、鷹央の次の言葉を待った。

「……私は、……健太を傷つけちまった」

普段からは考えられないほど弱々しい声。僕は小さく息を吐く。

「それなら大丈夫ですよ。僕がとりあえずフォローしておきましたから」

球状になっていた鷹央は、勢いよく顔をあげた。ネコのような目が期待と不安をたたえて僕を凝視する。

「健太君には、鷹央先生が急ぎの用事でしかたなくあの場を離れたって説明しています。それでとりあえず納得してくれましたよ」

「それじゃあ……それじゃあ健太は、私が用事を済ませるために、どこかに行ったと思っているんだな?」

「ええ、まあそんなところです」

というか、用を済ませるためにトイレに行ったと思っていますけどね。

僕が内心でつけ足していると、鷹央は大きく安堵《あんど》の息を吐いた。

「けれど、今日は無理でも、いつかは鷹央先生が会いに来てくれるって、健太君には伝えました」

僕がそう言った瞬間、少し緩んでいた鷹央の表情がこわばった。鷹央はふたたびダンゴムシのまねごとをはじめる。

「鷹央先生、すぐにじゃなくていいです。落ち着いたら、一度健太君に会ってあげてください」

ゆっくりと言う。しかし、鷹央は無反応だった。僕は口を結ぶと、ピアノの下の球状の物体を眺め続ける。

粘着質な時間が流れていく。壁時計の秒針が時間を刻む音がやけに大きく聞こえた。お互いに黙り込んでからどれくらい時間が経《た》っただろう。十分か、それとも一時間ぐらいは経ったのだろうか。鷹央の囁くような声が沈黙を破った。

「……小鳥」

「はい、なんですか?」

「お前、自分より若い患者を……看取《みと》ったことがあるか?」

「……ありますよ。五年も外科にいましたからね」

僕は淡々とした口調で答えた。

外科学はある意味、癌《がん》との戦いと言っても過言ではない。自然と外科医は多くの癌患者を診療することになる。その中にはまれに、僕よりも若くして手術不能なほどに癌が進行している者もいた。

「私は……ないんだ」

「……そうですか」

「研修医時代には何人かの患者を看取ったことがある。けれどそれは全員、かなりの高齢者だった。そして、研修が終わって統括診断部を立ち上げてからは、……私は患者を看取っていない」

そこまで語ったところで、鷹央は言葉を切る。僕は先をうながすことなく、鷹央が再び話しはじめるのを待った。

「なあ小鳥、健太はな……もうすぐ死ぬんだよ」

顔をあげた鷹央は笑みを浮かべた。いまにも泣き出しそうな、ゆがみにゆがんだ笑みを。

「……ええ、知っています」僕は目を閉じてうなずく。

「あいつはまだ八年しか生きていないんだぞ！　それなのにもう死んじまうんだ！　そして私は、あいつになにもしてやることができない。頭の中にありとあらゆる医療知識を詰め込んでいる私がなにもできないんだ！」

鷹央は胸の奥にたまっていた苦悩を、言葉にのせて吐き出して行く。

「なにもできなくなんてないですよ。ただ会って、そして話をしてあげればいいんです」

僕は慰めるように言う。しかし、鷹央は弱々しく顔を左右に振った。

「なにを話せばいいんだ？　もし健太が『なんで僕は治らないの？』って訊《き》いてきたら、私はなんて答えればいいんだよ。……小鳥、お前はこれまで若くして死ぬ患者と、どんなことを話してきたんだ」

「……いろいろなことですよ。ただ話を聞いたり、普通の雑談をしたり、ときには病状について真っ正面から話し合ったり。患者さんによってどうするべきか、臨機応変に……」

そこまで言ったところで、僕は口ごもる。鷹央の顔に浮かぶ自虐《じぎやく》的な笑みを見て。

「臨機応変か……。そうだよな、臨機応変に対応するべきなんだろうな。患者がなにを求めているか、どうすれば一番安らぎを得られるのか読み取って……」

言葉を切った鷹央は唇を嚙《か》む。

「けれど、私にはそれができないんだ。相手がなにを求めているか読み取れないから」

「鷹央先生……」

僕は慰めの言葉を探すが、見つけることができなかった。

「もしいま健太と話せば、私はあいつを傷つけてしまうかもしれない。ただでさえ苦しんでいるあいつに、もっとつらい思いをさせてしまうかも知れないんだ。自分で気づかないうちに……」

鷹央の表情は、痛みを耐えているかのように険しかった。

「そんなことありませんよ。きっと鷹央先生の顔を見るだけで、健太君は喜びますよ」

僕は必死に説得を試みる。しかし、鷹央の反応は芳《かんば》しくなかった。

「健太のところに行ったら、私はまたパニックになって、さっきみたいに逃げ出しちまうかもしれない。そうしたら、健太は傷つくはずだ。だから、私はきっともう、健太と会わない方がいいんだ」

ぶつぶつとつぶやく鷹央を見て、僕はゆっくりと口を開く。

「……そうやってまた逃げるんですか？」

「逃げる？」鷹央は僕を見ると、不思議そうにつぶやく。

「そうですよ。先生は逃げ続けているじゃないですか。健太君からも、小児科病棟で起こった急変の〝謎〟を解くことからも」

「健太と会わないのは、べつに『逃げ』じゃない。ただ、論理的に考えて、その方が健太にとってはいいと……」

「先生は医者なんでしょ」僕は鷹央の言い訳を遮って言う。「医者なら患者から逃げちゃいけません。どんなにつらくてもね」

表情をこわばらせた鷹央は、震える唇をひらいて、「私は逃げているわけじゃ……」とつぶやく。僕はそんな鷹央に真っ直《す》ぐに視線を向けた。

「いえ、逃げています。いろいろ言い訳しているけど、たんに鷹央先生はつらいんでしょ。仲のよかった子供が命を落としかけているのを見るのが、そして自分がなにもできないのが」

鷹央は唇を固く結んで黙り込んだ。そんな鷹央に、僕は容赦なく言葉をぶつけていく。

「普通の人ならそれでいいかもしれません。けれど先生は医者でしょ。それなら、そのつらさを受け止めないといけないんです。自分にも救えない人がいるっていう事実と向き合わないといけないんですよ」

僕は一息で言うと、鷹央の反応を待つ。どうにかして鷹央と健太を会わせたかった。健太のためにも、そして鷹央のためにも。

「……一人にしてくれ」

再び顔を伏せて丸くなった鷹央は、消え入りそうな声で言う。落胆しながら、僕は軽く唇を嚙んだ。

「このままじゃ、なにも解決しないじゃないですか。健太君のことも、あの急変した三人のことも」

「あの三人なら大丈夫だ。大事にはならないはずだ」

鷹央がくぐもった声で言うのを聞いて、僕は眉間《みけん》にしわを寄せる。

「大丈夫って、あの病棟でなにが起きているのか分かっているんですか？」

鷹央は小さな声で「うん」と言ってうなずく。

「それじゃあ、やっぱりあの天使は誰かのいたずらなんですか？　あの三人が急変したのは偶然じゃないんですよね。それなら誰かが故意に、あの症状を引き起こさせたんですか？」

僕は身を乗り出して、疑問を鷹央にぶつけていく。しかし鷹央は丸くなったまま、質問にこたえることはなかった。

「……一人にしてくれ」鷹央は再びか細い声で言う。

これ以上追い詰めない方がいい。鷹央の様子を見て、僕はそう判断した。あまりにも急ぎすぎてしまったかもしれない。

「……分かりました。あんまり急《せ》かしてすみません。僕は回診の残りを回って、それが終わったら今日のところは帰ります」

僕はゆっくりと立ち上がると、出口に向かって歩き出す。グランドピアノの下から、返事が聞こえてくることはなかった。

*

明日使用する点滴の準備を終えた野崎真智子《のざきまちこ》は、目元を揉《も》む。腕時計に視線を落とすと、時刻は午後十時を少し回ったところだった。まだ夜勤ははじまったばかりだというのに、すでに疲労を感じはじめている。

そろそろ夜勤なしの勤務に代えてもらわないとだめかな。二十代のころは、夜勤明けに一日遊んでいても、一晩寝れば疲れが取れていた。しかし三十五歳にもなると、一回の夜勤のダメージが数日続いてしまう。一人息子を私立の小学校に入れてなにかと物入りなので、給料のいい夜勤を続けているが、体を壊してしまっては元も子もない。

真智子は首をこきこきと鳴らすと、準備し終えた点滴を明日使いやすいようにトレーに乗せていった。点滴袋の一つに触れたところで、真智子の手が止まる。その点滴袋には『三木健太様』と記されていた。

三日ほど外泊する予定だった三木健太は、病院を出て数時間後には微熱が出て急遽《きゅうきょ》戻ってきた。そして夜には三十九度台にまで発熱し、レントゲン検査で肺炎の再発と診断された。かなり強力な抗生物質や抗真菌薬の投与を開始しているが、白血病の悪化とこれまでの強力な化学療法の副作用で、免疫機能はかなり弱くなっている。症状が改善するかどうかは、かなり微妙なところだった。下手をすればこの数日で、病状が急激に悪化する可能性もある。

小児科病棟に十年以上勤務してきて、これまで数え切れないほど子供が命を落とすのを見てきた。しかし、いまだに慣れることはできない。まだまだ未来があるはずの命が消えていく現場に立ち会うと、胸が引き裂かれるような痛みに襲われる。

健太君、うちの子と同い年なのよね。

真智子はふと、自分が息子を失ってしまったらと想像してしまう。もしそんなことになったら、きっと私は心が壊れてしまうだろう。そう思うからこそ、健太と母親の景子が不憫《ふびん》でならなかった。

薬が効いて、少しでも長く家族と過ごせればいいけど。

真智子はトレーに健太の点滴を乗せる。その時、背後から安っぽい電子音で、『エリーゼのために』のメロディが流れてきた。ナースコールの音だった。電球が点灯している病室を見て、真智子の心臓が大きく跳ねる。一瞬、健太の病室からのコールだと思った。健太の状態が急変して、景子がナースコールを押したのだと。

しかし、あわてて応答用の受話器に手を伸ばした真智子は、そこで動きを止める。よく見ると、コールは健太の病室ではなく、その隣の病室からだった。『冬本淳』と記された名札の横の電球が点滅している。

淳君か……。病棟一の問題児からのコールだと分かり、真智子は大きくため息をつく。一時間ほど前にも、淳から「胸についている電極が気になって眠れない。取ってくれ」とコールがあった。明日の昼間までホルター心電図の電極を外すわけにはいかないので、しかたなく主治医が不眠時に投与するように指示を出している点滴をしてやった。ヒドロキシジンという、本来は抗アレルギー剤の点滴なのだが副作用として眠気が生じるので、安全な眠剤としてよく処方される薬剤だった。

まだ眠れないわけ？　さっき点滴針を刺すとき、淳に「痛えじゃないか、へたくそ」と言われたことを思い出し、真智子は乱暴に受話器を取る。

「どうしたの淳君。まだ眠れないの？」

「天使……」

受話器から、どこか苦しげな声が聞こえてきた。

「はぁ？　なに言っているわけ？　またいたずらなの？」

「天使が出たんだ……。苦しい……、助けて……」

喘《あえ》ぐような息づかいが鼓膜を揺らした。

「ちょっと、天使ってどういうこと？　夜勤で忙しいんだから、冗談は……」

「早く助けて……」

その言葉を最後に声が聞こえなくなる。真智子は首をかしげながら受話器をフックに戻すと、ナースステーションの奥で看護日誌を記入している後輩の看護師に、「ちょっと呼ばれたんで見てくるわね」と声をかける。まだ二年目の看護師は顔をあげると、「はい、分かりました」と返事をした。真智子は廊下へと出る。

きっとたちの悪いいたずらだ。そうに決まっている。そう自分に言い聞かせるが、胸の中で不安が膨らみ、早足になっていく。

最近、この病棟ではおかしな人影が目撃されたり、原因不明の急変が続いたりしている。淳も急変した一人だ。不安がさらに大きくなっていく。

淳たちの病室の前に到着した真智子は、引き戸のノブに手をかけながら、小さな窓から部屋の中を覗き込んだ。その瞬間、喉《のど》からヒューという、笛を吹くような音が響いた。金縛りにあったように、全身が硬直する。

黄色い光に照らされた病室の天井に、人影が浮かび上がっていた。その人影の背中には、猛禽《もうきん》類のような大きな羽が生えている。真智子の頭の中で『天使』という単語がはじける。

なんなの、これ？　視線を人影に縫い付けられたまま、真智子は立ち尽くす。次の瞬間、人影は光とともに消え去った。

ノブを摑んだまま立ち尽くしていると、唐突に引き戸が開いた。真智子は小さな悲鳴を上げつつ、ノブから手を離す。

「淳……君」

真智子は胸を押さえながら声を絞り出す。扉の向こうに立っていたのは、冬本淳だった。淳の隣には、さっき真智子が投与した点滴がぶら下がっている点滴棒がある。

「ねえ、いまの光を……」

真智子が話しかけた瞬間、淳は糸が切れた操り人形のようにその場に崩れ落ちた。

「淳君⁉」

真智子はあわててひざまずくと、淳の顔を見る。その目は焦点を失い、口からはよだれが垂れていた。

危険な状態だ。真智子がそう判断すると同時に、淳の体がびくびくと大きく痙攣《けいれん》しだした。真智子はほとんど無意識のうちに、痙攣を続ける淳の体を仰向けにしながら、「誰か来て！」と叫ぶ。

ナースステーションの方から、走って近づいてくる足音が聞こえてくる。その音を確認しながら、真智子は痙攣のおさまった淳の首筋に触れた。顔の筋肉が引きつる。

「どうしました⁉」

「脈がない！　心停止してる！」

息をはずませて訊ねてくる後輩の看護師に、真智子は叫ぶように言う。

「心停止⁉　なんでですか⁉」

「私が知るわけないでしょ！　それよりさっさと内線電話でスタットコールを発令して！　それとAEDを！」

真智子は怒鳴りながら淳の入院着の胸元をはだけさせ、心臓マッサージの準備をする。後輩看護師は「はい！」と返事をすると、全速力でナースステーションへと戻っていった。

淳の胸骨の上に両手を重ねた瞬間、真智子は目の前に誰か立っているのに気づく。反射的に顔をあげると、この病室に入院している二人、作田雄一と関原勝次が怯《おび》えた表情を浮かべて、真智子と淳を見下ろしていた。

この子たち、いつからそこに立っていたの？

「自分のベッドに戻っていなさい！」

背筋に冷たい震えを感じながら真智子が言うと、二人はおとなしく自分のベッドへと戻っていく。それを確認しながら、真智子は体重をかけて淳の胸骨を押し込みはじめた。

まだ中学生の子を、こんなところで死なすわけにはいかない。脳裏に一人息子の笑顔がよぎる。

「スタットコール、スタットコール、七階小児科病棟。くり返す、スタットコール……」

天井に取り付けられたスピーカーから、緊急事態を告げる放送が響くのを聞きながら、真智子は必死に心臓マッサージを続けた。

2

ノートパソコンのディスプレイを眺めながら、僕はこめかみを掻《か》く。画面には『クリスマス直前　プレゼント大特集』と銘打たれたページが表示されていた。

昨日、鴻ノ池に鷹央へのクリスマスプレゼントを贈るように言われたときは、適当にホールケーキでも買って渡そうかと思っていた。けれど、今日のグランドピアノの下で丸まっていた鷹央を思い出すと、ちゃんと喜ぶプレゼントを渡して、少し気分転換をさせた方がいいと思い直し、自宅に帰ってからパソコンの電源を入れたのだ。

しかし、一時間ぐらい前からクリスマスプレゼントを特集しているサイトを眺めているのだが、そこに載っているアクセサリーや花をもらって鷹央が喜ぶ姿が、どうしても想像できなかった。

「もしかしたら、ホールケーキが一番喜ぶんじゃね、あの人？」

鷹央の喜びそうなものと言ったら、カレーと甘味と……あとは本かな。

僕はパソコンを操作して、ネット書店のページを表示させたが、そこで手が止まった。たしかに鷹央は普段、空気を吸うように本を読んでいるが、その内容は英字の学術書からマンガの同人誌にまでおよび、傾向がつかめない。どんな本をプレゼントすれば鷹央が喜ぶのか、想像もつかなかった。

ため息まじりにディスプレイを眺めていた僕の頭に、今日の昼に見た絵本の表紙がよぎる。僕はなんとなく、『てんしのよる』と入力して検索にかけてみる。すぐに今日健太が手にしていた絵本のページが表示された。見ると、どうやら電子書籍でも販売しているらしい。

デスクの隅に置いてある電子書籍端末の電源を入れ、『てんしのよる』を検索すると、十数秒迷ったあとに購入する。

ダウンロードが終了すると、僕は端末片手に立ち上がり、すぐそばにあるベッドに仰向けになって『てんしのよる』を読みはじめた。

幼児用の絵本なので、ものの数分で読み終えることができた。内容はどこかで聞いたことがあるような、ごくありふれたものだった。重い病気の母親と小さな一人娘が貧乏ながら寄り添って生きていたが、近所の人々から虐《しいた》げられたり、貧困で食べる物にも困ったりとつらい毎日を送っていた。そんななか、母親は自分はどうなってもいいから、娘だけは幸せにして欲しいと神に祈った。すると、天使が二人のもとに降りて来て、母娘をいじめていた人々をこらしめたり、二人が慎ましやかに生活できるだけの財産を与えてくれたりした。そして時が経ち、娘は誠実な青年と出会い結婚することになったが、そのとき母親の病状はかなり悪化していた。母親は最後の願いとして、娘の結婚式まで生きることを望み、祈った。その祈りは受けいれられ、母親は結婚式に参列したあと、娘に見守られながら天使に導かれ天国へと昇っていった。

話としてはそれほど目新しいところはないが、文章に添えてある淡い色使いのイラストは、大人の目から見ても美しかった。特に複雑な色彩の光の中に浮かぶ羽の生えた人影であらわされている『天使』は、どこか幻想的だった。

『天使』か……。僕は電子書籍端末を脇《わき》に置くと、両手を頭の後ろで組みながら天井を眺める。

こんな絵本を毎日のように読んでいた子供が、光の中に浮かび上がる人影を見れば、『天使』が来たと思ってもしかたがない。自分をいじめっ子から守り、そして天国へと導いてくれる『天使』が。

病室の壁に現れたという『天使』。超常現象など信じない僕としては、もちろんそれが人為的に作られたものだと思っているが、いったい誰がなんの目的でそんなことをしたのかが分からない。

一瞬、三木景子が息子の不安を取り除くためにやったのかとも思ったが、昼に景子が必死に『天使』を否定した様子を見ると、どうやら違いそうだ。それじゃあ、隣の部屋の悪ガキたちか？　たしかに彼らはそういう、くだらないいたずらをしそうだが、彼らが健太に『天使』を見せる理由が分からない。

天井を眺めながら考えていると、枕元《まくらもと》のスマートフォンがジャズを奏《かな》でだす。スマートフォンを手にとると、液晶画面に『090』からはじまる、知らない電話番号が表示されていた。僕は横目で壁時計を見る。時刻は午後十一時を回っていた。

こんな時間に知らない番号から着信？

一瞬、無視しようかと迷うが、なんとなく胸騒ぎがして『通話』の表示に触れてしまう。その瞬間、聞き慣れた声が響き渡った。

「小鳥先生ですか？　大変なんです！」

「……無視するんだった」僕は左手で顔を覆う。

「え、なんですか？　なにか言いました？」

「いや、ちょっと確認なんだけど。できれば違うと言って欲しいんだけど……、お前、鴻ノ池か？」

「あ、はい、いつも笑顔で元気、雑用ならなんでもお任せの鴻ノ池でございます！」

「そんなキャッチフレーズはいらん！　なんでお前が僕の電話番号を知っているんだ？」

お前にだけは知られないように気をつけていたのに。

「えー、おぼえていないんですか、あの夜のことを」

妙に艶《つや》っぽい口調で鴻ノ池は言う。

「そんな夜はない！」

「えっとですね、実際は昔、小鳥先生が救急室の若いナースに電話番号とメアドを渡すのを目撃して、なにかのときに使えそうだと思ってメモしておいたんです。あっ、ちなみにあのナースとはあのあと、うまくいかなかったらしいですね。ご愁傷様です」

「ほっとけ！　もう切るぞ」

「あ、ちょっと待ってください。大変なことがあったんです。……マジでやばいことが」

「大変なこと？」

軽薄な雰囲気が消え去った鴻ノ池の声を聞いて、僕は眉間にしわを寄せた。

「はい、一時間ぐらい前に、冬本淳君が心停止しました」

「……えっ⁉　心停止⁉」声が裏返る。

「そうなんです。私もいまさっき当直している同僚の研修医から聞いたんですけど、ナースコールで淳君から『苦しい』って連絡があって、看護師が病室に行ったら心停止していたんですって。すぐ心臓マッサージをはじめて、スタットコールをしたらしいです」

スタットコールとは院内で急変があったときに、医師を集めるための緊急放送、いわば院内でのＳＯＳだった。

「それで、淳君は……」

「すぐに蘇生《そせい》しました。ドクターたちが駆けつけたときには、もう心拍再開して意識も取り戻していたみたいです」

「そうか」僕は安堵の息を吐く。「それで、なんで心停止なんてしたんだ？」

「それが、いま循環器内科のドクターが診察しているんですけど、原因がはっきりしないらしいんです」

「それって本当に心停止していたのか？　ナースが焦《あせ》って、うまく脈を取れなかっただけじゃないか？」

「ベテランのナースさんなんで、そんなことないと思うんですけど、循環器内科の先生はそう疑っているみたいですね。淳君ちょうどホルター心電図の検査をしていたんで、朝一でそれを解析に回すみたいです。ただ、問題は淳君が心停止したことだけじゃないんですよ」

「どういうことだよ？」

「淳君が急変する寸前、病室でナースが『天使』を見ているんです」

「『天使』⁉　しかも健太君の病室じゃなく、あの三人の病室で？」

「ナースはそう言っています。三人の病室に入る寸前、天井に羽の生えた人影が浮かんでいるのを見たって」

「なんだよ、それ……」

呆然《ぼうぜん》とつぶやきながら、僕は横目で電子書籍の端末を見る。一瞬、体に震えが走った。あの『てんしのよる』という絵本の中で、『天使』は母娘をいじめる人々に(幼児用の絵本なので、それほど深刻なものではなかったが)制裁をくわえていった。もしかしたら、誰かがこの『天使』のまねごとをやっているんじゃないか? 健太を守るため、彼をいじめる三人の少年を急変させ、それがエスカレートしてついには首謀者である淳を殺しかけた……。

もしそうだとしたら、いったい誰が? すぐに脳裏に浮かんだのは健太の母、景子の顔だった。彼女は間違いなく、あの三人の少年に敵意を持っていた。動機ならある。しかしそうだとしても、どうやって三人を急変させたかわからない。医師が診断しても原因がわからないように急変を引き起こす。景子にそんなことができるのだろうか? そんなことできるのなんて……。

そこまで考えて、僕は目を大きく見開く。恐ろしい想像に全身の産毛《うぶげ》が逆立った。もう一人、疑うべき人物がいる。

鷹央だ。鷹央は健太のためになにかしてやりたいと思っていた。もしそれが間違った方向に向かったら……。

鷹央の小さな頭に詰まっている膨大な知識を駆使すれば、証拠を残すことなく少年たちを急変させることも可能かもしれない。

今日の昼、鷹央が少年たちの病室でとったよくわからない行動。もしかしたら、あれはなにかの下準備だったのではないか？

いや、そんなわけがない！　僕は必死に脳内にわき上がった想像を消そうとする。しかしそれは消えるどころか、どんどんと頭蓋《ずがい》の中で膨らんでいった。

「鷹央先生……」

「え？　鷹央先生ですか？　ええ、もちろん鷹央先生にもいまのことは伝えましたよ」

無意識に僕の口からこぼれたつぶやきの意味を勘違いした鴻ノ池が言う。

「あ、ああ、そうなんだ。それで、鷹央先生はなんだって？」

我に返った僕は、自分でもおかしいほどにかすれた声で訊《たず》ねた。

「それが、『ああ、そうか』って反応薄くて……。とりあえずですね、明日の朝八時頃に統括診断部の外来診察室で、ホルター心電図の結果を見ながら話し合いってことになりました。熊川先生とか……なんか院長先生も同席するらしいです。かなりの大事になっていますよ……」

鴻ノ池が声をひそめるのを聞いて、僕は固く目を閉じる。院長から直接依頼があったにもかかわらず、鷹央はほとんど診察することなく、さらに急変が起こってしまった。これだけでも、統括診断部の責任を問われそうな事態だ。万が一、鷹央がその急変にかかわっていたりしたら……。

「小鳥先生？　小鳥先生聞いてます？　あれ、電波悪いのかな？　おーい、小鳥せんせー」

スマートフォンから聞こえてくる鴻ノ池の声を聞きながら、僕は天井を眺め続けた。


空気が重い……。目だけ動かして部屋の中を見回しながら、僕は軽く息苦しさを感じていた。冬本淳の急変を聞いた翌日の午前八時、僕は天医会総合病院十階にある、統括診断部の外来診察室にいた。

十畳ほどの広さがある縦長のこの空間には、僕の他に、鴻ノ池、小児科部長の熊川、鷹央の姉である真鶴、冬本淳の主治医の山田、そして院長である天久大鷲の姿がある。僕も合わせた全員の視線は、椅子《いす》に腰掛け、不機嫌そうな表情で何十枚も折り重なったホルター心電図の結果に目を通している鷹央に注がれていた。

心電図をプリントアウトした紙を、鷹央がせわしなくめくる音だけが部屋に響き渡る。

「ここだな……」

手を止めた鷹央がぼそりとつぶやいた。鷹央の斜め後ろに立っている僕は、身を乗り出して用紙を眺める。脇から鴻ノ池も覗《のぞ》き込もうとしてきて邪魔だった。

昨日の午後十時十三分、それまで正常な心拍を記録していた心電図が、急激に乱れていた。唐突に心拍数が減少し、そしてすぐに心電図が平坦《へいたん》になっている。完全に心臓が静止した状態だ。その状態が二十秒ほど続いてから、心電図は大きく不規則に波打ちはじめていた。おそらく、そこで看護師が心臓マッサージをはじめたのだろう。そして、大きな波が二十秒ほど続いたあと、心電図に表示される心拍は正常のものに戻っている。

「その心電図を見ると、淳君は昨夜間違いなく心停止しています。そして看護師がすぐに心臓マッサージを開始して、その後、心拍が再開したことがわかります」

　循環器内科医の山田が低い声で言う。

「……『天使』が見えたって話は？」

　鷹央は心電図から視線を外すことなく、独り言のようにつぶやいた。

「駆けつけたナースが、淳君が心停止する前に天井が光って、そこに羽の生えた人影が浮かんだのを見ています。それが消えてすぐに、淳君が心停止したらしいです。ちなみに、同じ病室にいた雄一君と勝次君もその人影は見たって言っています」

　鴻ノ池がやや緊張をはらんだ口調で説明する。

「そんな馬鹿《ばか》みたいな話はどうでもいいんだ。それより、淳君が心停止する前、誰か部屋に忍び込んできたとか、そういうことを二人は言っていないのか？」

　山田は苛立《いらだ》ちを隠すことなく、吐き捨てるように言う。鴻ノ池は唇を尖《とが》らせた。

「二人とも、淳君が苦しみだすまで、誰も病室には入っていないって言っています」

鴻ノ池の言葉を聞いて、山田はがりがりと頭を掻く。

「いったいなにが起こっているんだよ。淳君は心停止を起こすような病状なんかじゃなかったんだ。それなのにこんなことになって。親御さんも原因を説明できない私たちに不信感を持っている。治療のせいでこんなことになったんじゃないかってな」

それはそうだろう。不整脈の治療を終えたはずの息子が、原因不明の心停止なんておこせば、不信感をおぼえるのも当然だ。

「鷹央」

それまで黙っていた大鷲が、相変わらずよく通る低い声でつぶやいた。鷹央は心電図から顔をあげると、つまらなそうに大鷲を見る。

「……なんだよ、叔父貴」

「私は院長として、この件の調査を統括診断部に依頼したはずだ。しかし、話を聞いたところ、お前はその三人の診察もまともに行っていない。その理由を教えてもらいたい」

大鷲の口調には怒りや叱責《しっせき》の色はなく、ただ事実を淡々と語っているという感じだった。そんな大鷲を前にして、鷹央は固い表情で黙り込む。十数秒の沈黙のあと、大鷲は小さく鼻を鳴らした。

「まあいい。問題はお前が調査にもたもたしているうちに重症患者が出て、そのご家族に不信感を抱かせてしまったことだ。これは統括診断部の大きな責任問題になる可能性もある」

僕は唇をゆがめながら大鷲に視線を向けた。今回の件はある意味、どっちに転んでも大鷲には利益があるのだろう。問題を鷹央が解決すれば、病院の評判が落ちるリスクが減るし、逆に解決しなければ、統括診断部に責任をかぶせて、邪魔な鷹央を排除できるかもしれない。

もしかしたら大鷲は、健太と鷹央の関係を知った上で、調査を依頼したのではないか？　そんな邪推さえしてしまう。この病院の院長として様々な情報を得ることができる大鷲なら、その可能性も完全には否定できなかった。

鷹央はいったいどうする気だろうか？　口の中が乾いていくのを感じながら、僕は鷹央の反応を待つ。頭の隅では、鷹央があの三人の急変にかかわっているのではないかという疑念が、いまもくすぶっていた。

「責任か……、たしかに私にも責任があるかもな。こんなミスを犯すなんて、正直私も想像していなかったよ」

鷹央は頭痛でもおぼえたかのように顔をしかめた。

「自分のミスだと認めるのか？」

大鷲がつぶやくと、鷹央は不思議そうに小首をかしげた。

「私の？　ああ、そうか、これはある意味私のミスでもあるのか……。そうだよな、たしかにそうだ」

「鷹央……」

自虐的な笑みを浮かべながら独りごちる鷹央に、真鶴が心配そうに声をかける。

「そんな心配そうな顔するなよ、姉ちゃん。これはそんな大事じゃないんだよ」

「大事じゃない⁉　患者が心停止しているんだぞ！」

山田が怒鳴り声を上げる。鷹央は両耳を手でふさぎながら、顔をしかめた。

「急にでかい声だすなよ。心停止したのはたんにミスしたからだ。私じゃなくて犯人がな」

「犯人⁉　やっぱり犯人がいるんですか？」

鴻ノ池が身を乗り出す。この部屋にいる他の者たちも、鷹央の言動に注目した。

「ああ、もちろんだ。昨日の件だけじゃなく、これまでの三人の急変、そして『天使』も同じ犯人がやったことだ」

鷹央ははっきりと言い切る。しかし、その表情はどこか冴《さ》えなかった。

「鷹ちゃん、その犯人っていうのは誰なんだ？」

熊川が早口で訊ねるが、鷹央はこたえることなく大鷲に向き直る。

「叔父貴、今日中にこの件は解決してやる。それなら問題ないだろ」

大鷲の片眉《かたまゆ》が少しだけ上がった。

「早いうちに解決できるなら、それに越したことはない。いまはこれ以上の被害をださないことが重要だ」

「安心しろ、もう被害なんてでない」

鷹央は気怠《けだる》そうに、「おい、小鳥」と僕に声をかける。

「え？　なんですか？」

僕が返事をすると、鷹央は椅子から立ち上がった。

「行くぞ、ついてこい」

「行くって、どこに？」

「……小児科病棟だ」

鷹央は硬い表情を浮かべると、出口に向かって歩き出した。僕はあわててその後を追う。

鷹央と僕は診察室を出て、すぐ脇にある階段をおりていく。後ろから足音が聞こえてきたのでふり返ると、熊川と鴻ノ池がついてきていた。

階段で七階まで下りた鷹央は、小児科病棟に向かう。しかし、その足取りは次第に重くなっていき、ナースステーションの前で止まってしまった。鷹央の視線は廊下の奥にある、三木健太の病室に注がれていた。

「鷹央先生……大丈夫ですか？」

僕がおずおずと声をかけると、鷹央はなにかを振り払うように勢いよく頭を振り、大股《おおまた》で廊下を進み出した。

三木健太の病室の前を通過した鷹央は、その隣にある冬本淳たちの病室へと入る。

三人の少年はベッドに横になっていた。手前のベッドにいる淳の腕には点滴ラインが伸びていて、その胸にはモニター心電図の電極がついている。その電極によって記録された淳の心電図は、ナースステーションに置かれたモニターに表示されているはずだ。昨夜心停止をしているのなら、当然の処置だった。

「な、なんだよ急に」

淳がやや上ずった声を上げるが、鷹央は答えることなく、三人の少年に順番に鋭い視線を浴びせかけていく。少年たちはその視線に圧倒されたのか、怯えた表情を浮かべながら黙り込んだ。

「退院だ」

唐突に鷹央が声をあげた。少年たちは意味がわからなかったのか、まばたきをくり返す。そして、意味がわからないのは僕も一緒だった。

「ちょ、鷹央先生。いったいなにを……？」

「だから、この三人を退院させるんだ。そうだな、いろいろ準備もあるだろうから、明日でいいだろう」

退院？　この三人を？　急変の原因もわかっていないのに？

「ちょっと待てよ。なんで俺たちが退院なんだよ」

我に返って抗議の声を上げる淳を、鷹央はにらみつけた。

「お前たちはもう治っている。これ以上入院するのは医療費の無駄遣いだ」

「なに言っているんだよ。俺、昨日心臓止まったんだぞ。それなのに退院なんてあり得るかよ」

淳がベッドから身を起こす。

「そうだよ、鷹ちゃん。いくらなんでも淳君まで退院なんて。そもそも、淳君を担当しているのは循環器内科だから、俺たちに退院させる権限なんて……」

たしなめるように言う熊川を睨《ね》め上げながら、鷹央はびしりと淳を指さす。

「こいつらはもう急変なんてしない。この病棟に入院しているから心停止なんて起こったんだ。家に帰ればこいつらはもう安全だ」

鷹央は早口で言う。なぜそう言い切れるのか、僕にはまったくわからなかった。

「鷹ちゃん、けれどそれは……」

「いいから退院ったら退院なんだよ！　私はこの病院の副院長だ。私が退院させると言ったら、こいつらは退院するんだ！」

鷹央はヒステリックにそう言うと、啞然《あぜん》とする僕たちを残して病室から出ていった。僕は熊川、鴻ノ池と顔を見合わせた。二人とも困惑しきった表情で立ち尽くしている。淳が「なんなんだよ、いまの……」とつぶやくのを聞きながら、僕は小走りに病室を出た。

「鷹央先生、ちょっと待っ……」

そこまで言ったところで、僕は言葉を飲み込む。

隣の病室、三木健太が入院している部屋の前で、いまにも泣き出しそうな表情を浮かべた鷹央が扉に視線を注いでいた。

正午過ぎの病棟、看護師たちが廊下をせわしなく行き来している。昼休みをとっているスタッフが抜けて人数が少なくなるうえ、患者の食器の後片付け、食事に補助が必要な患者のケア、昼の薬を配布など、様々な仕事が重なるこの時間帯は、看護師たちにとってもっとも忙しい時間帯だった。そのため、ナースステーション内に看護師の姿はない。

そのとき、二つの人影がナースステーションに入り込んできた。彼らはきょろきょろ神経質に周囲を見回しながら、身を低くしてナースステーションの奥へと進む。

薬品棚の前までやってきた彼らは、並べられている点滴製剤や注射薬をせわしなく探りはじめる。次の瞬間、僕の目の前のカーテンが勢いよく引かれた。

「なにをしているんだ、お前たち」

ナースステーションの隣にある看護師休憩室から飛び出した鷹央が声をかけると、二人の少年、作田雄一と関原勝次は体を硬直させた。

「雄一君、それに勝次君。いったいなにを……」

鷹央に続いて休憩室を出た熊川が呆然とつぶやく。

朝、三人の少年に「退院だ」と宣言したあと、鷹央は昼前に休憩室に隠れてナースステーションを見張ると言い出した。しかたなく、僕、熊川、鴻ノ池、そして鷹央は一時間ほど前から、看護師たちからいぶかしげな視線を浴びながらこの休憩室に潜んで、カーテンの隙間《すきま》からナースステーションをうかがっていた。なんでそんなことをする必要があるのか、何度も鷹央に訊ねたのだが、いつもどおり秘密主義の鷹央がそれに答えることはなかった。

「きっとこの時間帯に来ると思っていた。この時間なら、ナースステーションが空になりやすいし、夜まで待ったら間に合わない可能性があるからな」

鷹央は二人の少年を見る。

「二人とも、薬品棚あさっていたよね。なにを取ろうとしていたわけ？」

鴻ノ池がやや硬い声で、うつむいたまま黙りこくる二人に訊ねた。

「これが欲しかったんだよな」

鷹央は白衣のポケットから、小さな注射液のアンプルを取り出した。それを見た瞬間、勝次と雄一の表情に明らかな動揺が走った。

「鷹ちゃん、それはいったい……」

熊川がアンプルを覗き込もうとするが、鷹央はその前に、白衣のポケットに戻してしまう。そこまで秘密主義を徹底しなくても……。

「種明かしは主犯の前でやる。二度手間になるからな」

「主犯？　主犯ってなんの……」

僕が訊ねると、鷹央は皮肉っぽい笑みを浮かべた。

「すべての主犯だ。この病棟で急変をくり返させ、そのうえ『天使』をつくり出した犯人。この二人はそいつの共犯者だよ」

「それって……」僕はつばを飲み下すと、先をうながす。

「冬本淳、昨日の夜に心停止したあの中学生、あいつがすべての事件の首謀者だ」

鷹央は低くこもった声で言った。

「どういうことなんだ？」

うつむく三人の少年を見回しながら、熊川は困惑で飽和した声をあげる。

　数分前、雄一と勝次とともに僕たちが病室に入ってくるのを見ると、冬本淳は敗北を悟ったかのように、がっくりとうなだれた。雄一と勝次は自分たちのベッドに戻り、同じように黙り込んでいる。

「だから言っただろ、そこにいる冬本淳が今回の件の主犯で、残りの二人が共犯者なんだ」

　鷹央は淡々と言う。普段〝謎《なぞ》〟の解説をするときは、テンション高くまくし立てることが多い鷹央だが、今日はどこかつらそうですらあった。

「ちょっと待ってください。ということは、淳君たちが急変したのは、自分たちでわざとやったってことですか？」

　鴻ノ池が訊ねると、鷹央はうなずいた。

「ああ、そうだ。そりゃあ、急変前に誰か病室に忍び込んでこなかったかと訊いても、誰も来なかったって言うよな。自分たちが犯人なんだから」

「で、でも、どうやってそんなことを？　嘔吐《おうと》とか呼吸苦なら仮病でなんとかできるかもしれませんけど、淳君は心停止までしたんですよ」

「これを使ったんだ」

　鷹央は白衣のポケットから、さっき見せたアンプルを取り出して、鴻ノ池の顔の前にかざす。

「これって……」

「アデノシン三リン酸、通称ATPの注射液だよ。臓器の血流量を増やす作用があり、主に内耳障害によるめまいや耳鳴りに対して使用される薬だ。まあ、作用はかなりマイルドだけどな」

「それが今回の急変とどんな関係が……？」

鴻ノ池はきれいに整えられた眉の間にしわを寄せる。

「点滴に混ぜてゆっくり投与すればめまいなどに効果のある薬だが、もう一つ特殊な使い方がある」

そこまで言ったところで、鷹央が横目で問いかけるような視線を投げかけてきた。ああ、そういうことか。ここまでヒントを出されれば、僕にも答えはわかる。

「発作性上室頻拍に対する急速静注ですね」

僕の答えに、鷹央は「ああ、そうだ」と鷹揚にうなずいた。

「発作性上室頻拍は、心臓の電気刺激伝導路の異常などによって引き起こされる不整脈だ。典型的な症状としては、突然心拍数が毎分二百回前後まで増加して、胸部の不快感、息切れ、胸痛などが生じる。その原因の一つが、通常一つの心房と心室を繋《つな》ぐ電気経路が二つ存在し、その二つの経路の中を円を描くように電気刺激が循環するというものだ。リエントリー性上室頻拍と呼ばれるやつだな。そして、その治療としてアデノシン三リン酸を一気に静脈注射するという方法がある」

鷹央は立て板に水で、発作性上室頻拍について語り出した。すこし調子が出てきたようだ。

「体内でアデノシン三リン酸はすぐにアデノシンに代謝され、心臓の動きを抑制する」

「心臓の動きを抑制……」鴻ノ池がその言葉をおうむ返しする。

「そうだ、その結果わずかな間、心臓の動きが完全に静止する」

鷹央の説明を聞いて鴻ノ池は目を丸くした。

「心臓が静止って……、そんなことして大丈夫なんですか？」

「大丈夫だよ。アデノシンの効果はすぐに消え去り、わずか数秒で心臓は再び鼓動をはじめる。そして、一度静止状態になったことで異常な電気経路の興奮が収まり、正常な鼓動を取り戻せることが多いんだ。基本的に安全性はきわめて高いとされている薬だ」

「けど、数秒でも心臓止まるんですよね？」

鴻ノ池はどこか疑わしげに言う。

「ああ、安全ではあるが、心臓が止まったときに強い胸部の不快感はある。それと同時に嘔吐する場合も少なくない。あと、喘息の既往がある患者に使用した場合、気管支のれん縮を起こし、喘息発作のような状態を引き起こすことがある」

「それって……」

鴻ノ池は、ベッドの上でうなだれている三人の少年を見た。

「そうだ。この三人に起きた症状、それはすべてアデノシン三リン酸の急速投与によって説明できる。ちなみに、発作性上室頻拍を起こす代表的な疾患がＷＰＷ症候群だ」

鷹央は淳を見る。淳は首をすくめ、体を小さくした。

「淳君はＷＰＷ症候群の治療で入院していたんでしたね」

僕が言うと、鷹央はゆっくりとうなずいた。

「カテーテル治療を受けたところを見ると、そいつはこれまでかなり頻繁《ひんぱん》に発作性上室頻拍を起こしていたはずだ。もし無症状なら治療する必要がない疾患だからな。そして、たびたびアデノシン三リン酸の急速静注を受けていた。だからそいつは知っていたんだ。アデノシン三リン酸を一気に注射することで、ほとんど危険なく急変したように見せかけることができるってな」

「いや、鷹ちゃん、ちょっと待ってくれ」

熊川が鷹央の説明に口を挟む。鷹央は熊川に向き直ると、つまらなそうに「なんだよ」と言った。

「たしかにアデノシン三リン酸の急速投与で、数秒の心停止が起こるのは俺も知っているよ。けれど、昨日の淳君が起こした心停止は、数秒なんてもんじゃない。心電図を見ると、少なくとも二十秒以上は心臓の動きが完全に止まっていたんだぞ」

熊川の指摘に鷹央の表情がゆがむ。

「ああ、その通りだな。それがミスだったんだ。私とそいつのな」

鷹央に指差された淳は、居心地が悪そうに身じろぎした。

「ミス？　いったいなんのミスなんだ？」

「昨日の夜、冬本淳はナースコールで看護師を呼んだあと、部屋のすぐ外に看護師がやってきたのを確認して、シリンジに入れて用意しておいたアデノシン三リン酸の注射液を点滴ラインの側管から一気に注射した。使ったシリンジは、共犯の二人が処分したんだろうな。そうして、一時的に心停止したそいつは、計画通り看護師の前で倒れる。けれど、そいつは注射するべき薬を取り違えていたんだ」

鷹央は白衣のポケットに手を突っ込み、もう一つアンプルを取り出した。

「そいつが昨日自分に投与した薬はこれだ」

「あの、鷹央先生……、それも『アデノシン三リン酸』って書いてある気がするんですけど」

鴻ノ池が小さく手をあげながら訊ねる。

「ああ、そうだ。これもアデノシン三リン酸だ。ただ、もう一つのアンプルとは違いがある。……濃度だ」

鷹央は手のひらの上に載せた二つのアンプルを僕たちに向かって差し出す。一つのアンプルには「10ｍｇ」と記してあり、もう一つのアンプルには「40ｍｇ」の表示があった。

「アデノシン三リン酸の注射液には十ミリグラム、二十ミリグラム、そして四十ミリグラムの三種類がある。通常、発作性上室頻拍の治療に使用するのは十ミリグラムだ。これまで、その三人はちゃんと十ミリグラムを自分たちに打っていた。けれど、同じ製品名だから昨日は間違えた。四十ミリグラムのものとな」

鷹央は手の中でアンプルを回しながら、しゃべり続ける。

「つまり、昨日だけ通常の四倍量が投与されたことになる。通常量で数秒の心停止を引きおこす薬を四倍だ。当然、それだけ長く心停止が起きた。だからそいつは二十秒以上も心停止して、看護師に心臓マッサージを受けるはめになったんだ。まあ、心臓マッサージなんてしなくても、あと数秒待っていれば心拍が再開して意識が戻っただろうけどな」

鷹央は皮肉っぽく言う。

「あの、淳君、いまの話は……本当なのかい」

熊川は淳に向かって訊ねる。淳はこわばった表情のまま、なにも言わなかった。その態度が、鷹央の指摘が正しかったことを如実《にょじつ》に物語っていた。

「それじゃあ、鷹央の『天使』は……？」

「それもこいつらの仕業だ。まあ、子供だましだけどな」

鴻ノ池のつぶやきにがりがりと頭をかきながらこたえると、鷹央は力なくうなだれる淳に向かって、「おい、お前」と声をかける。淳は力ない表情で鷹央を見た。

「もう全部バレているんだ。『天使』のことも、そろそろ種明かしをしてもいいころだろ」

鷹央にうながされた淳は、数秒躊躇《ちゅうちょ》するようなそぶりを見せたあと、雄一に目配せをした。雄一はためらいがちにベッドから降り、床頭台の棚の奥からなにかを取り出し、おずおずとベッドの上に置いた。

「それが『天使』の正体だ」

ベッドの上に置かれた懐中電灯と、十数枚の切り抜かれた小さな紙を見ながら鷹央は言う。よく見ると、それらの紙は『天使』を切り抜いたものだった。『てんしのよる』という絵本の中に描かれていた『天使』を切り取った紙。

つかつかとベッドに近づいた鷹央は、手を伸ばして懐中電灯を手に取り、スイッチを入れて壁に向けると、その前に一枚の切り抜かれた『天使』をかざした。

壁に当たった光の中に、うっすらと羽の生えた人影が現れる。

「これがこの病棟で目撃されていた『天使』だ。なっ、子供だましもいいところだろ。隣の病室に『天使』が出現したのは、こいつらがそこの窓から腕を伸ばして、『天使』

をつけた懐中電灯の光を差し込ませたからだよ。そうだろ？」

鷹央が水を向けると、雄一はかすかにうなずいた。

「これって、どこから持ってきたんですか？」

鴻ノ池はベッドの上に置かれた十数枚の『天使』を手に取った。

「たしか隣の病室から絵本が盗まれて、ばらばらに切り刻まれたってことがあったんだろ？　お前たちが疑っていたとおり、その犯人はこいつらだった。ただ、動機はお気に入りの絵本を壊して嫌がらせをすることじゃなくて、『天使』を発生させるための道具を手に入れることだったんだ。できるだけそれっぽく見せるために、絵本に載っていた『天使』を全部切り抜いて、いろいろ試行錯誤したんだろうな。ご苦労なこった」

鷹央は肩をすくめると、手にしていた懐中電灯を無造作に雄一のベッドの上に放る。

「これが今回の事件の真相だよ。全部子供のくだらないいたずらだったんだ」

鷹央は投げやりに言うと、部屋から出て行こうとする。

「鷹ちゃん、ちょっと待ってくれ。たしかに急変と、『天使』の件がどうやって起きたかは理解した。けれど、なんで淳君たちがこんなことをしたのか分からないじゃないか」

熊川に引き留められた鷹央は、なぜか表情をこわばらせた。普段は自分から率先して〝謎〟の解説をするというのに、なぜ今日はこんなに消極的なのだろうか？

「……そんなこと、そいつらから直接聞けばいいだろ」

「いまのこの子たちがちゃんと説明できるとは思えないんだよ」

体を小さくして顔の筋肉を弛緩《しかん》させた三人を熊川は見回す。

鷹央はため息まじりに口を開いた。

「こいつらは退院したくなかったんだ。だからこそ、退院が決まりそうになると、自分たちにアデノシン三リン酸を投与して急変を装《よそお》っていた。だから、さっき私はこいつらに、『明日退院だ』って言ったんだよ。そうすれば、また自分たちにアデノシン三リン酸を打つために、ナースステーションに盗みにくることは分かっていたからな」

気怠そうに鷹央は説明していく。淳たち三人が反論することはなかった。

「なんで退院したくないんだ？　病気が治ったら、普通は家に帰りたがるものじゃないか」

熊川は首をひねる。

「『天使』を発生させるためだ。こいつらは自分たちに薬を打って心臓を止めてでも、『天使』を見せないといけなかったんだ。……健太にな」

鷹央は『健太』という名を口にした瞬間、つらそうに眉間《みけん》にしわを寄せた。

「健太君に？　わざわざ健太君にいやがらせするために、ここまでのことをしたわけ!?」

鴻ノ池が甲高い声を出す。三人の少年は、教師に叱《しか》られた小学生のように首をすくめた。

「……いや、違う。いやがらせじゃない」

鷹央は鴻ノ池に向き直る。鴻ノ池は「いやがらせじゃない？」と不思議そうにつぶやいた。

「そうだ。いやがらせなんかじゃない。これは……贖罪《しょくざい》だ」

鷹央がそう言った瞬間、淳の表情がぐにゃりとゆがんだ。

「贖罪って……どういうことなんですか？」

いぶかしげに眉根を寄せる鴻ノ池に、鷹央は弱々しい笑みを浮かべた。

「そのままの意味だ。こいつらにとって、となりの病室に『天使』を映し出すことは、贖罪そのものだったんだよ」

しゃべりすぎで乾いたのか、鷹央は軽く唇を舐《な》めると言葉を続ける。

「こいつらは二週間ほど前に健太をからかった。野球帽を取り上げて、髪の毛がないことをな。それがなにを意味するかも考えず、健太を傷つけたんだ」

鷹央の糾弾《きゅうだん》に、三人の少年は体をこわばらせる。

「子供の無知からくる行いだとしても、あまりにも残酷な行為だ。だからたぶん、病棟スタッフの誰かがこいつらに教えたんだろうな、あの頭が白血病と必死に闘ってきた結果だってことを。そして……健太に残された時間が少ないことをな」

鷹央がそこまで言ったとき、雄一がむせ込むように嗚咽《おえつ》を漏らしはじめた。感染するかのように、勝次、そして淳も小さく肩を震わせはじめる。

「説明を聞いて、こいつらはようやく、自分たちがどれほどひどいことをしたかに気づいたんだ。罪悪感にさいなまれたこいつらは、どうにかして贖罪しようと頭をひねる。そして思いついた方法が、健太の病室に『天使』を出現させるっていうことだった」

「なんでそんないたずらが贖罪になるんですか？　普通に考えたら……」

鴻ノ池が首をひねる。

「ああ、普通に考えたら、しっかりと頭を下げて、自分たちの行いを反省すればよかったんだ。けれど、くだらないプライドが邪魔したんだかなんだか知らんが、こいつらは違う方法を思いついた」

少年たちの泣き声が少しずつ大きくなっていく。

「天使が親子を助けるあの絵本を好んで読んでいた健太は、『天使』が自分を守ってくれると、そしていつかは……天国へ連れて行ってくれると信じて、いや、信じようとして、たびたびそのことを口にしていた。それを聞いて知っていたこの三人は、健太の病室から絵本を盗み出し、そこに描かれていた天使を切り取って懐中電灯に張りつけることで、健太の病室に『天使』を出現させたんだ」

長々と説明して疲れたのか、鷹央は大きく息を吐く。

「……いま天久先生が言ったことは本当なのかい？」

熊川が声をかけると、淳は肩を震わせたまますなずき、嗚咽まじりに声を絞り出す。

「俺たち……、まさかあいつが、そんなに悪いなんて、全然思ってなくて……。ただ、ちょっとからかっただけ……それだけのつもりだったんです。けど……あいつがもうすぐ死んじゃうって聞いて、とんでもないことしちゃったって……。だから……」

そこまで言ったところで、淳はむせて言葉が続かなくなる。その姿からは、悪ガキの雰囲気は完全に消え去っており、年相応の幼さが現れていた。

「けれど、健太君に『天使』を信じさせることにはとりあえず成功していたじゃないか。なんで自分に薬を投与して急変してまで、退院を引き延ばす必要があったんだ？」

熊川は涙を流す淳たちを困惑した表情で眺める。

「……そいつらの目的が、ただ健太に『天使』を見せることじゃなかったからだよ」

そこで言葉を切った鷹央は、瞼《まぶた》を落として話を続ける。

「健太が逝《い》く瞬間、あの部屋に『天使』を映し出す。それがこいつらの本当の目的、本当の贖罪だったんだ」

「健太君が……逝く瞬間？」

熊川の声が跳ね上がる。それと同時に、部屋に満ちていた泣き声がひときわ大きくなった。

「そうだ。健太に残された時間が少ないのを知ったこいつらは、健太の……臨終の際に、となりの病室に『天使』を出現させようと思っていたんだ。健太がそれを見れば、安らかに逝けると思ってな。それまで三人とも退院するわけにはいかなかった。だからこそ、急変を装ってでも退院を引き延ばそうとしたんだ」

目を開けた鷹央は、天井を仰ぎながら大きく息を吐く。部屋の中には、少年たちがすすり泣く声だけが響いていた。

鷹央の告発に、僕は言葉を失っていた。あまりにも幼稚な行動。それがこんな大騒ぎを引き起こしていたなんて。

鷹央がどこか自虐《じぎゃく》的に鼻を鳴らす。

「馬鹿げてるよな。謝るかわりに偽物《にせもの》の『天使』を創《つく》りだすなんてな。けれどたしかに、健太にとってはこんな子供だましの『天使』でも、恐怖を少しは和らげてくれていたのかもな」

淡々と言う鷹央の言葉を聞きながら、僕は昨日のことを思い出す。母親に「天使なんていない」と言われたとき、健太はとても哀《かな》しげな表情を浮かべた。たしかに健太にとって、淳たちが創りだしたまやかしの『天使』は救いになっていた。きっと、昨夜淳が心停止する前に天井に『天使』を映し出したのも、健太に天使の存在を確信させるためだったのだろう。

「これは私のミスでもある……」蚊の鳴くような声で鷹央はつぶやいた。

「鷹ちゃんのミス？」

聞き返す熊川に鷹央は重々しくうなずいた。

「私は昨日の昼には真相に気づいていた。こいつらに起こった症状と、三人とも点滴を受けていたことから、アデノシン三リン酸の静注だろうと思っていたし、この部屋から隣の病室を見て、懐中電灯で照らすことが可能なことを確認して、なにが起こっているか見当がついていた。けれど、私はそのことを黙っていた」

鷹央は苦しそうに言葉をしぼり出していく。

「こいつらのやっていることは、子供じみていると思ったけれど、それで健太の苦しみが少しでも薄れるなら、それも良いんじゃないかと思ったんだ。まさか、打つ薬の濃度を間違って、何十秒も心停止するなんて想像しなかった。これは私のミスだ」

「けれどそれは……」

鴻ノ池が慰めの言葉をかけようとするが、鷹央は力なく首を左右に振る。

「私はたぶん、この件の真相を話さないことで、健太に対してなにかしてやった気になっていたんだ。私自身がなにかやったわけでもないのに。私は……卑怯者《ひきょうもの》だ」

つぶやく鷹央の姿はあまりにも痛々しく、僕はなんと声をかけていいのか分からなかった。

「……とりあえず、このことは君たちの親御さんに報告させてもらう。そのうえで君たちは、健太君のお母さんに自分たちがやったことをしっかり説明して、謝罪しなさい。そして健太君には……、今回のことは黙っておく。それでいいね」

熊川はゆっくりと、言い聞かせるように言う。少年たちはまだ肩を震わせたまま、うなずいて同意を示した。

「疲れた……。私は〝家〟に戻っている」

鷹央は身を翻《ひるがえ》すと、重い足取りで病室をあとにした。いつもよりさらに小さく見える鷹央の背中に、僕はかける言葉を見つけることができなかった。


居心地が悪いな……。

電子カルテの前に座りながら、僕は横目で部屋の奥にあるソファーを見る。ソファーに寝そべった鷹央は、医学雑誌を広げているが、さっきからそのページがまったくめくられていないことに僕は気づいていた。

小児科病棟に現れた『天使』と、少年たちの急変の真相があばかれた翌日の夕方、僕は救急部での業務を終えたあと、鷹央の〝家〟にやってきていた。一日中救急部で勤務することになっている金曜の今日は、とくにこの〝家〟に寄る理由はなかったのだが、鷹央の様子がどうしても気がかりで、勤務が終わってもそのまま帰る気にはなれなかった。

昨日、鷹央から事件の真相を聞いた熊川はすぐに三人の少年の親を呼び、事情を説明したうえで自分たちの管理不足をわび、少年たちを責めないように頼んだらしい。息子の原因不明の急変に病院に対する不信感を募らせていた親たちも、息子たちが自ら薬を投与していたという事実を知って病院を非難するわけにもいかず、さりとて動機が動機だけに息子を強く叱りつけることもできなかったということだ。

そして最後に、三人は健太の母親である三木景子に謝罪をした。最初は三人と話をすることを嫌がっていた景子だったが、熊川から詳しい経緯を聞き、三人から涙ながらに頭を下げられたことで、自らも目に涙を浮かべながら謝罪を受けいれたということだ。

事件の真相は、院長である大鷲や淳の主治医である循環器内科医の山田にも伝えられた。結果的に誰にも大きな害が及んでいないということ、そして少年の家族たちも病院に対する責任を追及していないことにより、今回鷹央が動くまでに時間がかかったことなどは不問になり、少年たちは今日の昼に退院となっていた。

以上のことを、僕はこの〝家〟に来る前、熊川と真鶴から聞いたのだが、事件が丸く収まったとも言えるこの状況にもかかわらず、気分が晴れることはなかった。

僕は細く息を吐くと、正面のディスプレイに意識を向ける。そこには、三木健太のカルテが表示されていた。

昨日から今日にかけて、健太の病状は悪化の一途をたどっていた。強力な抗生物質や抗真菌薬を投与されているにもかかわらず、肺の炎症は強くなり、呼吸状態が悪くなっている。状態から見るに、血液中に病原菌が入り込み繁殖している状態である、敗血症も併発している可能性が高かった。骨髄を白血病細胞に侵され、正常な白血球が減少して免疫機能が低下しているいまの健太が、この状態から回復する可能性はきわめて低い。

健太の電子カルテを消した僕は、鼻の付け根を揉《も》みながら再び鷹央の様子をうかがう。昨日〝謎〟を解き明かしたあとから、鷹央はずっとこの〝家〟に籠《こ》もり、健太に会いに行ってはいなかった。

このまま、鷹央は健太に会わないつもりだろうか？　それで良いのだろうか？

僕が小さくため息をついた時、キーボードの隣に置かれた内線電話が着信音を立てはじめた。僕は受話器に手を伸ばす。

「はい、統括診断部医局です」

「あっ、小鳥先生ですか！　鴻ノ池です！」

受話器から聞こえて来た声に顔をしかめた僕は、そのまま電話を切ってしまいたいという衝動に耐えつつ、「どうしたんだよ？」と訊《き》く。鴻ノ池は早口でまくし立てるように話しはじめた。その内容を聞いて、僕は自分の顔から表情が消えていくのを感じた。

「……分かった。伝えてくれて助かったよ」

そう言って受話器を戻した僕は、ソファーに横たわったままの鷹央を見る。

「……鷹央先生」

鷹央は雑誌を脇《わき》に置くと、声をかけた僕に視線を送ってくる。その表情には不安が飽和していた。僕は一度つばを飲むと、ゆっくりと口を開く。

「鴻ノ池から連絡がありました。健太君の血圧が下がりはじめました。数時間前から尿も出なくなっています。かなり厳しい状態です。明日まではもたないかもしれません」

鷹央の表情が絶望と恐怖でゆがむ。

「もうご家族はそろっているらしいです。ただ、健太君本人が鷹央先生に会いたいと言っていて、ご家族も一目で良いから会いに来て欲しいと望んでいるみたいです」

「でも……」

鷹央は口ごもる。

「行くだけでいいんです。ただ鷹央先生と会うだけで、健太君は満足するはずなんです」

ここで健太に会わなければ、鷹央はきっと一生後悔することになる。その確信が、僕の口調を強いものにした。

「私は空気が読めないから……、とんでもないことを口走って、なにもかもめちゃくちゃにするかもしれないんだ。健太を苦しめるかも……」

「なに言っているんですか！　先生が来てくれないことが、健太君にとって一番つらいはずです！」

僕は思わず声を張り上げてしまう。鷹央は体を震わせると、助けを求めるように落ち着きなく視線を泳がせた。

「大きな声だしてすみません。けれど先生、……行きましょう」

僕は一転して静かに言う。しかし鷹央は頭を抱えると、ソファーの上で丸くなってしまった。一昨日、グランドピアノの下でやっていたのと同じように。

追い込みすぎてしまったかもしれない。後悔が襲いかかってくる。これ以上無理強いしても、鷹央を自分の殻にこもらせるだけだろう。僕は立ち上がると、ゆっくりと玄関に向かう。

「僕は先に小児科病棟に行っています。落ち着いたら鷹央先生も来てください。……お願いですから」

僕はそう言って扉を開いた。

ソファーで丸くなっている鷹央が返事をすることはなかった。

八畳ほどの空間に電子音が規則正しく鳴り響く。

僕は直立不動のまま、正面を眺め続けていた。部屋の中央に置かれたベッドを取り囲むように、数人の男女が立っている。その中には熊川や三木景子の姿も見えた。景子の隣に立つスーツ姿の中年男性は、おそらく景子の夫だろう。

人垣の隙間から、ベッドに横たわる健太が見えた。天井を向くその目は虚《うつ》ろで、酸素マスクの下で半開きになった口からは、苦しそうな呼吸音が聞こえてきた。その姿は一昨日、笑顔で鷹央に抱きついた少年とはまるで別人のようだった。いつもかぶっているニューヨークヤンキースの野球帽は、枕元に置かれている。

ベッドの周りにいる健太の家族たちと医療スタッフの誰もが、哀しげな表情で健太に視線を注ぎ続けていた。

鴻ノ池に呼ばれて僕がこの病室にやってきてから十五分ほど経《た》っている。主治医である熊川が、ベッド脇で酸素や点滴の量を細かく変えたり、必要な薬剤を適宜投与したりしているが、それらも焼け石に水ほどの効果しかもたらしていなかった。

この病室に来たときより少しだけ、心電図モニターが奏《かな》でる電子音のピッチが早くなってきた気がする。もうすぐ、少なくともあと数時間以内に『その時』がやってくる。六年近い医師としての経験が、僕にそのことを伝えていた。

触れれば切れてしまいそうなほど張り詰めた空気の中、僕は奥歯を食いしばる。その時、右腕を軽くたたかれた。横を見ると、鴻ノ池が悲痛な表情で僕を見上げていた。

「小鳥先生、鷹央先生は……？」

鴻ノ池は声を殺して言う。その問いに、僕は頭を小さく左右に振ることしかできなかった。鴻ノ池の顔に失望の色が広がっていく。

三木景子がふり返り、僕に訴えかけるような視線を送ってきた。僕はその視線から逃げるように目を伏せた。

みんな鷹央を待っていた。ナースステーションでは真鶴も待機している。

もう時間がない。僕は唇に歯を立てながら、天井を見上げる。

やっぱりだめなのだろうか？　鷹央には無理なのだろうか？

「天使……」

小さな声が鼓膜を揺らし、僕は視線を正面に戻す。人垣の奥から、その弱々しい声は聞こえてきた。

「天使が……見えるよ」

焦点を失った目で天井を見つめながら、健太は荒い呼吸の間をぬうように声を絞り出す。その顔には弱々しいながらも笑みが浮かんでいた。

僕は反射的に天井を見る。しかし、そこに羽の生えた人影は浮かんではいなかった。

おそらく、全身状態が悪くなったせいで幻覚を見ているのだろう。ただ、その幻覚がいまわの際《きわ》にいる健太に、わずかながらも安らぎを与えていることは、その表情から明らかだった。

きっと淳たち三人が、何度もかりそめの『天使』をこの病室に映し出したからこそ、健太はいま天使の幻を見ている。それだけでも、彼らの必死の行動には意味があったのかもしれない。

景子が咳《せ》き込むように嗚咽を漏らし、ベッドに横たわる息子にすがりつく。その時、背後から扉が開く音が聞こえた。

看護師が追加の薬剤でも持ってきたのだろうか？　反射的にふり返った僕は、目を大きく見開く。扉の奥に小さな人影が立っていた。

「鷹央……先生」

僕が呆然《ぼうぜん》とつぶやくと、鷹央はこわばった表情のまま、おそるおそる足を踏み出し、病室に入ってきた。鷹央の後ろには、不安そうに妹を見つめる真鶴の姿があった。

ゆっくりと、まるでコマ送りしているような速度でベッドに近づいていく鷹央を、僕は息を飲んで眺め続ける。ベッドの前にできていた人垣が自然と左右に分かれた。

ベッドに近づき、変わり果てた健太の姿を見下ろした瞬間、鷹央の表情がくしゃりとゆがんだ。

「……健太」

震える唇を開いて、鷹央は健太に声をかける。天井を眺めていた健太の目が焦点を取り戻し、自分の顔を覗《のぞ》き込んでいる鷹央をとらえる。

「子供の……先生？」

「何度も言っているだろ。子供の先生じゃない、私は天久鷹央だ」

どこまでも哀しげな笑みを浮かべながら、鷹央は健太の頬を撫《な》でた。

「子供の先生だぁ」

健太は血の気が引いた顔に満面の笑みを浮かべた。息子のその姿を見た景子も、涙を流したまま微笑《ほほえ》む。

「遅くなって悪かったな」

鷹央は健太の頬に触れたまま言う。

「お腹《なか》は、もう大丈夫なの？」

「お腹？　いや、大丈夫だけど……」

健太の問いに、鷹央は戸惑いの表情を浮かべた。隣に立つ鴻ノ池が、肘《ひじ》で僕の脇腹を突《つっ》いてくる。あのときはしかたがなかったんだよ。

「ねえ、子供の先生。さっきね、天使が来て、くれたんだよ」

健太が酸素マスクの下から切れ切れに漏らした言葉を聞いて、僕は緊張する。鷹央はなんとこたえるのだろうか。場の空気を読むことができない鷹央は、もしかしたらその

『天使』が全身状態の悪化からくる幻覚の可能性が高いことや、この前までの『天使』が淳たちのいたずらであることを口走ってしまい、結果的に健太を傷つけてしまう可能性もある。そして、それは鷹央自身がもっとも恐れていたことでもあった。

僕はつばを飲んで鷹央の言葉を待つ。数秒の沈黙のあと、鷹央は柔らかい笑みを浮かべたまま口を開いた。

「そうか、天使が来たのか」

「うん、きっと僕を、天国に、連れて行ってくれるの」

「……そうだな。お前は良い子だから、きっと天国に連れて行ってもらえるよな」

笑みを浮かべたままの鷹央の目に、うっすらと涙がにじんでいく。

「ねえ、また絵本、読んでくれる？」

「ああ、もちろんだ」

鷹央が白衣の袖《そで》でごしごしと目頭を拭《ぬぐ》いながら言うと、景子が床頭台の棚から『てんしのよる』の絵本を取り出し鷹央に手渡す。熊川がパイプ椅子《いす》をベッド脇に置いた。

パイプ椅子に座った鷹央は、健太に微笑みかけると視線を絵本に落とす。

「昔々あるところに、貧乏なお母さんと娘がいました。二人は小さな家に……」

涙声で鷹央が朗読するのを聞きながら、僕は鴻ノ池と、目を潤《うる》ませている真鶴に目配せをする。僕の意図を悟った二人は、すぐにうなずいた。

僕たちは、音を殺しながら出口に近づくと、ゆっくりと扉を開けて廊下へと出る。

扉が閉まる寸前見えた、鷹央の朗読を聞く健太の表情は、どこまでも幸せそうに見えた。


「鷹央先生、入りますよ」

〝家〟の扉をノックして開けた僕は、おそるおそる間接照明だけが灯る薄暗い室内へと入っていく。予想どおり、鷹央はソファーの上で丸まっていた。

鷹央の姿を確認した僕は、腕時計に視線を落とす。もうすぐ日付が変わろうかという時刻になっていた。

四時間ほど前、絵本の朗読が終わって少ししてから、三木健太の意識はゆっくりと混濁していき、やがて昏睡《こんすい》状態へと陥った。そして十分ほど前、家族と鷹央、主治医である熊川に見守られながら、健太は静かに息を引き取った。僕と鴻ノ池と真鶴は、その光景を病室の外から眺めた。

熊川による死亡確認が済むと、鷹央は無言のまま病室を出て、小走りに小児科病棟をあとにしていた。

「……なんの用だよ?」

丸まったまま、鷹央は小さな声で言う。

「いえ、なんと言いますか。ちょっと様子を見にと言いますか……」

僕は言葉を濁すと、鼻の頭を掻《か》く。僕自身、なんでここにいるのかいまいち分からなかった。小児科病棟から走り去った鷹央を見て、僕が「当分はそっとしておいた方がいいかな」などと考えているると、鴻ノ池に突然背中を押されたのだ。

「ほら、小鳥先生、なにをぼけっとしているんですか。さっさと追っていって、鷹央先生を慰めてあげないと」

鴻ノ池にそう言われただけなら、たぶんここに来ようとはしなかっただろう。しかし、さらに目を潤ませた真鶴に「小鳥遊先生、できれば鷹央と話をしてあげてください」と言われては、行かないわけにはいかなかった。

慰めろといわれても、どうすればいいんだよ？　こういうのは、時間が癒《い》やしてくれるもんじゃないのか？

「なあ、小鳥……」

僕がなんと声をかけるべきか迷っていると、鷹央から話しかけてきた。僕は少々面食らいつつ、「はい」とこたえる。

「私はうまくできたか？　健太は私のせいで苦しんだりしなかったか？」

顔をあげた鷹央は、不安そうに訊《たず》ねてくる。

「……ええ、うまくできていました。健太君は先生に会えて喜んでいましたよ」

「けれど、私はなにもできなかった。ただ、絵本を読んでやっただけで……」

鷹央の声が尻《しり》すぼみに小さくなっていく。

「健太君にとってはそれで十分だったんですよ。きっと健太君は、先生に絵本を読んでもらえて幸せだったはずです」

「……本当か？」

「本当ですって」

僕がうなずきながら言うと、鷹央の顔にかすかに安堵《あんど》に近い表情が浮かんだ。

室内にゆったりとした時間が流れていく。

「なんで健太は……八歳で死なないといけなかったんだろうな。あんなに良い子だったのに……」

鷹央は宙空を見つめながら、独りごちるようにつぶやいた。

「それはきっと、誰にも分からないことなんですよ。いくら鷹央先生でも答えの出せないこと」

「そうなんだろうな。小鳥……私は無力だな」

「みんな無力ですよ。でもたぶん、医者は自分が無力であることを知らないといけないんだと思います。そうしてはじめて患者さんに真摯《しんし》に向き合えるんじゃないですか」

僕は自分でも少々くさいと感じるようなセリフを口にする。

「そうだな……。ああ、その通りだ」

鷹央の華奢《きやしや》な肩が小さく震えはじめる。僕は再び腕時計に視線を落とした。いつの間にか二つの針が『0』を指して重なっていた。

「ああ、いつの間にか日付が変わっていますね。鷹央先生、十二月二十五日になっていますよ。ということで、クリスマスプレゼントです」

「クリスマスプレゼント？」

僕が白衣のポケットに手を入れると、鷹央は薄暗い中でも涙が滲《にじ》んでいるのが分かる目をこちらに向けた。

「ええ、これです」

僕はポケットから取り出したものを掲げると、プレゼント用の包装を解く。ここに来る直前に、裏手のプレハブ小屋にあるデスクから取ってきておいたのだ。

「CD？」鷹央はいぶかしげにつぶやく。

「ええ、CDです。クリスマスソングを集めたやつを買ってきました」

昨日、病院から帰る際にCDショップに寄って買ってきていた。なにも思いつかなかった結果の苦肉の策だったが、いまはこれを選んでよかった気がする。

「せっかくのクリスマスなんですから、かけてみてもいいですかね。なにも聞こえなくなるぐらいの大音量で」

鷹央自慢の高級オーディオセットを指しながら僕が言うと、鷹央は二、三度まばたきをしたあと、かすかに苦笑を浮かべながら目元を片手で覆《おお》い、「好きにしろ」とつぶやいた。

オーディオにCDをセットした僕は、再生ボタンを押しこむ。二つのスピーカーが音を奏でだす。僕はゆっくりとボリュームを上げていった。

たとえ誰かが大声で泣いても気づかないほどになるまで。

内臓に振動を感じるほどに音量を上げてからオーディオから離れた僕は、パソコンデスクの前に置かれた椅子に腰掛けると、背もたれに体重をかけて瞼を落とす。

「メリークリスマス、鷹央先生」

僕の口から漏れた小さなつぶやきは、どこからかかすかに聞こえてきた嗚咽の声とともに、陽気なクリスマスソングにかき消されていった。

エピローグ

三木健太が亡《な》くなった翌週の月曜日、僕は体を縮こめながら屋上を歩いていた。冷たい風が首元から体温を奪っていく。僕は小走りにレンガ造りのファンシーな〝家〟に急いだ。

白い息を吐きながら玄関にたどり着き、扉をノックしてすぐに中に入った僕は、暖房の効いた室内の暖かさを嚙《か》みしめながら部屋の中を見回す。

「おう、小鳥」

ソファーに横たわってマンガを読んでいた鷹央が片手をあげてくる。その様子は普段とまったく変わらないように見えた。

「おはようございます、鷹央先生」

安堵しながら挨拶《あいさつ》を返す。どうやらこの週末で、落ち込みからある程度は回復できたようだ。ソファーから立ち上がった鷹央は、壁時計に視線を向ける。時刻は八時半を少し回っていた。

「もうこんな時間か。それじゃあそろそろ診察室に行くか」

鷹央は部屋のあちこちに生えている〝本の樹〟から、数冊の書籍を見繕うと、小脇に抱えた。今日は一日中外来の予定だ。僕が患者の話を聞いている間に、衝立の後ろで読むつもりなのだろう。とうとうグランドピアノの下に生えている〝本の樹〟まで探り出した。

ふと僕は、ピアノの上に見慣れないものが置かれていることに気づいた。それは野球帽だった。子供用の小さなニューヨークヤンキースの野球帽。

「ああ、それのことか?」

ピアノの下から這《は》い出してきた鷹央は、片手で無造作に野球帽を摑《つか》むと、かぶろうとする。しかし、小柄な鷹央の頭にも小さすぎるのか、かぶるというより頭の上にのせたといった感じになっていた。

「昨日、三木景子がやってきて、『ありがとうございます』とか言って置いて行ったんだよ。いくら私の頭が小さくても、さすがにかぶれないのにな」

ピアノの上に野球帽を戻すと、鷹央は目を細める。僕はその様子を、笑みを浮かべながら見つめ続けた。

野球帽からゆっくりと視線を外した鷹央は、胸の前で両手を合わせた。パンっという小気味のいい音が響いた。

「さて、それじゃあ行くとするか」

「ええ、そうですね。行きましょう」

僕は玄関の扉を開く。

吹き込んできた風が、ピアノの上の野球帽をかすかに揺らした。

初出

プロローグ　書き下ろし
甘い毒　「小説新潮」二〇一四年二月
吸血鬼症候群　書き下ろし
天使の舞い降りる夜　書き下ろし
エピローグ　書き下ろし

甦る殺人者
—天久鷹央の事件カルテ—
知念実希人著
容疑者は四年前に死んだ男。これは死者の復活か、真犯人のトリックか。若い女性を標的にした連続絞殺事件に、天才女医が挑む。

火焰の凶器
—天久鷹央の事件カルテ—
知念実希人著
平安時代の陰陽師の墓を調査した大学准教授が、不審な死を遂げた。殺人か。呪いか。人体発火現象の謎を、天才女医が解き明かす。

魔弾の射手
—天久鷹央の事件カルテ—
知念実希人著
廃病院の屋上から転落死した看護師。死体に全く痕跡が残らない〝魔弾〟の正体とは？天才女医・天久鷹央が挑む不可能犯罪の謎！

神話の密室
—天久鷹央の事件カルテ—
知念実希人著
まるで神様が魔法を使ったかのような奇妙な「密室」事件、その陰に隠れた予想外の「病」とは？　現役医師による本格医療ミステリー！

久遠の檻
—天久鷹央の事件カルテ—
知念実希人著
15年前とまったく同じ容姿で病院に現れた美少女、楯石希津奈。彼女は本当に、歳をとらないのか。不老不死の謎に、天才女医が挑む。

生命の略奪者
—天久鷹央の事件カルテ—
知念実希人著
多発する「臓器強奪」事件。なぜ心臓は狙われたのか——。死者の崇高な想いを踏みにじる凶悪犯に、天才女医・天久鷹央が対峙する。

島田荘司著

写楽　閉じた国の幻
（上・下）

「写楽」とは誰か――。美術史上最大の「迷宮事件」を、構想20年のロジックが打ち破る！　現実を超越する、究極のミステリ小説。

恩田陸・芦沢央
海猫沢めろん・織守きょうや
さやか・小林泰三著
澤村伊智・前川知大
北村薫

だから見るなといったのに
―九つの奇妙な物語―

背筋も凍る怪談から、不思議と魅惑に満ちた奇譚まで。恩田陸、北村薫ら実力派作家九人が競作する、恐怖と戦慄のアンソロジー。

奥田英朗著

罪の轍

昭和38年、浅草で男児誘拐事件が発生。人々は震撼した。捜査一課の落合は日本を駆ける。ミステリ史にその名を刻む犯罪×捜査小説。

伊坂幸太郎著

オー！ファーザー

一人息子に四人の父親!?　軽快な会話、悪魔的な箴言、鮮やかな伏線。伊坂ワールド第一期を締め括る、面白さ四〇〇％の長篇小説。

米澤穂信著

儚い羊たちの祝宴

優雅な読書サークル「バベルの会」にリンクして起こる、邪悪な5つの事件。恐るべき真相はラストの1行に。衝撃の暗黒ミステリ。

宮部みゆき著

ソロモンの偽証
―第Ⅰ部　事件―
（上・下）

クリスマス未明に転落死したひとりの中学生。彼の死は、自殺か、殺人か――。作家生活25年の集大成、現代ミステリーの最高峰。

イラスト　いとうのいぢ
デザイン　川谷康久（川谷デザイン）

天久鷹央《あめくたかお》の推理《すいり》カルテII
ファントムの病棟

新潮文庫　ち－7－2

平成二十七年三月一日発行
令和五年八月二十日二十六刷

著者　知念実希人《ちねんみきと》
発行者　佐藤隆信
発行所　株式会社新潮社
郵便番号　一六二―八七一一
東京都新宿区矢来町七一
電話 編集部(〇三)三二六六―五四四〇
読者係(〇三)三二六六―五一一一
https://www.shinchosha.co.jp

価格はカバーに表示してあります。

印刷・錦明印刷株式会社　製本・錦明印刷株式会社

ISBN978-4-10-180027-1 C0193